Für Uwe Raum-Deinzer

Astrid Korten

Die Stille

vor Lilou

Roman

ÜBER DAS BUCH

„Wenn man den Pfad der Vergeltung beschreitet, soll man zwei Gräber ausheben."
(Konfuzius)

Jules Lefèvre ist Lehrer an der Public École im normannischen Lion-sur-Mer. Jules und seine Frau Malin genießen das Familienglück mit der kleinen Tochter Lilou. Doch dann zwingt ein Burn-out Jules, sich zu Hause einzuigeln. Die Genesung verläuft schwierig, denn seine Wahrnehmung ist getrübt. Er ist psychisch instabil und paranoid.

Auch als ihm Paul Moreau, der Rektor seiner Schule, einen Besuch abstattet, misstraut Jules dessen Freundlichkeit und Hilfsbereitschaft. Dennoch beschließt er schließlich, den Ratgeber über „Achtsamkeit" zu lesen, den Moreau ihm zur Genesung mitgebracht hat. Doch als sich Jules endlich halbwegs erholt hat, schlägt das Schicksal erbarmungslos zu …

„Korten macht aus dem pathologischen Verhalten der Protagonisten ein meisterhaftes Spiel um Wahrheit und Dichtung."
Westdeutsche Allgemeine Zeitung

„Ich habe dich nicht verlassen, ich bin dir nur ein Stück voraus. "

DER RAUBVOGEL

Vor einem Monat ist meine Frau beerdigt worden. Es war ein trauriges Ereignis, aber mich machte es nicht traurig.

Am frühen Morgen betete die ganze Familie im Wohnzimmer neben dem Sarg, und alle erschraken, als etwa zur Hälfte des Gebets plötzlich unter Malins Körper das Kühlsystem ansprang.

Meine Schwiegermutter schnellte als Erste von ihrem Stuhl hoch. „Das ist ein Zeichen!", rief sie.

Einen Moment lang dachte ich, sie mache einen unangemessenen Scherz, aber sie wiederholte ihre Worte mit tödlichem Ernst, während sie Malins kalte Hand ergriff.

Mein Vater beugte sich ebenfalls über den Sarg. „Das kann kein Zufall sein", flüsterte er und schaute sich das Gesicht meiner Frau genau an, als wäre sie wieder zum Leben erwacht und würde gleich die Augen aufschlagen.

Entgeistert starrte ich meine Verwandten an, die dem Gerät, das der Bestattungsunternehmer in der Nacht zuvor angeschlossen hatte, völlig neue Funktionen zuschrieben.

Mir war das plötzliche Einschalten der Kühlung vertraut. Ich hatte die vergangene Nacht still neben dem Sarg verbracht, meine linke Hand auf Malins Haut. Ich hatte mein Herz gespürt, wie es dumpf gegen ihren eingefallenen Brustkorb pochte, und gedacht, dass es jetzt niemanden mehr gab, der mich erwartete, niemanden, der das Bett vorwärmte.

Das Kühlgerät schaltete sich jede halbe Stunde ein. Offenbar war es in unserem Haus zu heiß. Aber vielleicht habe ich ihren Körper mit meiner Berührung auch nur zu sehr gewärmt.

Einige Wochen zuvor war der Sarg meiner Tochter Lilou nicht geöffnet gewesen. Sechs goldfarbene Kugelschrauben, um einen Meter fünfzig fest zu verschließen. Nichts konnte mehr berührt werden. Ich war extra in die Rechtsmedizin gegangen, um Lilou vor der Versiegelung des Sargs noch einmal zu sehen. Ich musste sie anschauen, um zu verstehen, was passiert war.

Ein Mitarbeiter versuchte, mich davon abzuhalten. Aber ich ging einfach um den Mann herum und zog mit einem Ruck das Laken von ihrem zerstörten kleinen Körper.

Ich bin sicher, dass die Ärzte ihr Bestes getan hatten, um die Spuren der Stoßstange zu beseitigen. Aber sie waren kläglich gescheitert, und ich wurde ohnmächtig.

Meine Mutter unterbrach meine Gedanken. „Können wir das Gebet nun fortsetzen?" Sie setzte sich neben mich, legte ihre faltige Hand auf meine Schulter und beugte sich vor. „Dann wollen wir jetzt um Kraft beten", flüsterte sie. „Dieser Tag ist für keinen von uns einfach." Ihr Atem kräuselte sich um mein Ohr und strich über meinen Nacken.

Ich hätte es vorgezogen, das Beten abzukürzen, denn ich hatte andere Pläne, aber ich faltete die Hände und murmelte: „Lasst uns beten."

Ein Gebet und einige Schluchzer später schloss ich die Außentür unseres Bauernhauses und sah zu, wie der Teakholzsarg in den Leichenwagen geschoben wurde. Die Proportionen waren auch besser als beim letzten Mal.

Damals … Lilous kleiner Sarg in dem riesigen Auto.

Die anderen sahen schweigend zu. Meine Mutter rauchte neben ihrem Wagen eine Zigarette. Sie hatte einen Arm um ihre Taille gelegt, als würde sie frieren, mit der anderen Hand hielt sie sich die zur Hälfte gerauchte Zigarette vors Gesicht: ein Ausrufezeichen, hinter dem sie sich zu verstecken versuchte. Ohne sie anzusehen, ging ich an den stumm Trauernden vorbei in Richtung Garage.

„Wohin willst du?", fragte meine Mutter. Mit der Spitze ihres hochhackigen Schuhs drückte sie die Zigarettenkippe zwischen den Kieselsteinen aus, während eine letzte Rauchwolke ihren Lippen entwich.

Ich gab ihr ein Zeichen, dass sie in ihr Auto einsteigen könne.

„Ich fahre hinter euch her, Mama", antwortete ich ruhig.

„Das geht doch nicht, Jules." Meine Mutter kam auf mich zu. „Bitte, keine verrückten Sachen heute." Sie schlug den Kragen ihres Mantels hoch. Ein eisiger Ostwind wirbelte um das Haus. „Du fährst mit uns oder mit Malins Eltern. So war es abgesprochen."

„Ich habe es mir anders überlegt. Ich werde selbst fahren."

„Das ist keine gute Idee, mein Junge."

„Es gibt niemanden, der mich davon abhalten kann. Nicht einmal du, Mama", flüsterte ich.

Als ich an dem Leichenwagen vorbeigehen wollte, packte meine Mutter mich am Arm meines Mantels und visierte mich argwöhnisch.

„Du benimmst dich seltsam, Jules." Ihre Stimme klang beängstigend kalt.

Ich schaute auf ihre Finger, die sich in den Stoff krallten. Sie waren so dünn, als könnten sie jeden Moment zerbrechen.

„Ich habe mein Kind verloren, und nun ist auch noch meine Frau tot", erwiderte ich mit eisiger Stimme.

Meine Mutter zuckte bei dem Wort „tot" zusammen. Ich schmeckte ebenfalls die Härte, mit der ich es ausgestoßen hatte.

Ich wollte ihre faltige Hand mit einem heftigen Ruck abschütteln, aber in diesem Moment tauchte ein Bussard am Waldrand neben dem Haus auf und kam auf uns zu. Er flog tief über uns hinweg zur benachbarten Wiese. Gebannt folgten wir alle seinem Gleitflug bis zur Mitte der Wiese. Kurz schwebte der Raubvogel im Rüttelflug über einem Punkt, als würde er an einem unsichtbaren Faden am Himmel hängen. Er hielt seinen Körper dabei aufrecht, die Flügel standen in einem so großen Anstellwinkel, dass ihr Schlag einen hohen Auftrieb erzeugte. Einen Atemzug später stürzte er pfeilschnell zu Boden, den Schwanz nach unten geklappt und die Beine ausgestreckt, um unmittelbar danach mit einem kleinen Tier zwischen den Krallen wieder aufzusteigen.

„Was für eine Grausamkeit!", seufzte meine Mutter und wandte sich ab.

Ich erwiderte nichts und behielt den Raubvogel im Auge, der einen Bogen nach rechts machte und wieder im Wald verschwand. Selbst bei der großen Entfernung konnte ich seine Beute hilflos zappeln sehen.

Bei dem Anblick des armseligen Opfers tauchte aus der Kälte meiner Einsamkeit die Vergangenheit wieder auf. Langsam und schmerzlich gab sie sich zu erkennen. Vielleicht, um der Leere der Gegenwart zu trotzen. Bilder, auf denen alle Bewegungen unscharf waren, stiegen aus meiner Erinnerung auf und zersprangen nacheinander in Stücke.

Hätte ich mich vor Lilous Tod anders entschieden, dann hätte die Stille vor Lilou ab einem bestimmten Punkt keine Macht mehr über mich gewonnen, dann wäre ich nicht in die Fänge eines Raubtiers geraten.

„Dass du dir das unbedingt ansehen musst", murmelte sie und legte ihre zittrige Hand auf meine Schulter. „Mit dir stimmt doch etwas nicht, Jules. Eine Mutter kann das spüren."

Sie wandte sich von mir ab und ging zum vorderen Fahrzeug. Bevor sie einstieg, schaute sie noch einmal in meine Richtung, als wollte sie sich von mir verabschieden.

Am Ende des Feldwegs, der zur Hauptstraße führte, wartete der Trauerzug darauf, dass ich mich ihnen mit meinem Auto anschloss. Doch schließlich bog der Leichenwagen nach links in Richtung Kirche ab.

Im Rückspiegel sah ich die Schaukel, die auf dem Rasen im Wind tanzte, als würde ein unsichtbares Kind darauf sitzen. Vor mir bewegte sich der Wetterhahn auf dem Dach unruhig hin und her.

Einen Moment lang blickte ich wieder auf die Trauerfahrzeuge, die meiner Frau langsam folgten, dann fuhr auch ich los. Zuerst ganz leise, zögerlich. Sekunden später wesentlich entschlossener, und schließlich trat ich mit Wucht auf das Gaspedal und lenkte den Wagen in eine scharfe Rechtskurve. Weg von meiner Frau, weg von den Trauernden.

Die Vorderräder schlitterten kurz über den Asphalt, eine Katze eilte vom Straßenrand in eine angrenzende Nebenstraße und sprang vor Schreck auf den Ast eines Baumes. Meine

Fingerspitzen kribbelten, mein Herzschlag geriet ein paarmal ins Taumeln.

„Biegen Sie nach dreihundert Metern links ab in die …“, sagte die monotone Stimme. Ich musste versehentlich das Navi eingeschaltet haben, und mir wurde schmerzlich bewusst, dass die Dame im Armaturenbrett mir die letzte Fahrt meiner Frau aufschwatzen wollte.

Ich warf einen letzten Blick in den Rückspiegel und dachte: Es gibt Momente im Leben, in denen uns die Kontrolle entgleitet, in denen wir aus dem seelischen Gleichgewicht geraten und uns egal ist, ob wir uns gesund verhalten oder nicht.

Wie die meisten Menschen hatte ich immer versucht, die Kontrolle zu behalten, bis ich wie das Tier geworden war, das in der Falle saß und vergeblich um sein Leben zappelte. Aber im Gegensatz zu dem kleinen Wesen konnte ich das ändern.

Denn ich hatte jetzt eines begriffen: Gewalt konnte man nur mit Gewalt bekämpfen!

Der Abstand zwischen Malin und mir wurde immer größer. Mein Leben endete hier, und übergangslos begann ein neues. Es gab ein Vorher und ein Nachher, ein Früher und ein Jetzt. Früher war eine andere Zeit, ein anderer Ort, ein anderes Universum. Da hatte es noch uns beide gegeben.

Wenn man spürt, dass man alles verloren hat, bleibt einem nur noch die Erinnerung an das Glück, das sich so schnell verflüchtigt hat, durchfuhr es mich. Und dann will das Verdrängte mit aller Macht an die Oberfläche …

Meine Frau war tot. Und mit einem Mal verstand ich die Konsequenz dessen, was nicht mehr war, und dessen, was Jahre zurücklag: *Ich habe sie geliebt. Aber es ist zu spät.*

BURN-OUT

Der Tod meiner Frau und meiner Tochter nahm seinen Anfang, als mein Vorgesetzter anrief.

„Jules, ich komme heute vorbei." Paul Moreau hatte seinen Namen nicht genannt, aber ich erkannte seine tiefe Stimme sofort. Ich konnte nicht anders, als mich ertappt zu fühlen.

„Heute?", fragte ich erschrocken.

„Passt es dir nicht?" In seiner Stimme lag Irritation, Moreau duldete keinen Widerspruch. Mein Herzschlag beschleunigte sich, und in meinem Kopf wurde alles ganz leicht. Jetzt nur nicht hyperventilieren, dachte ich. Ich atmete zwei Sekunden lang ein und hechelte sechs Atemzüge aus, während ich den Hörer mit der Hand abdeckte.

„Bist du beschäftigt?", fragte Moreau ungeduldig. Wieder sechsmal eine Sekunde lang ausatmen.

„Ich bin einfach nur zu Hause." Mit zwei Fingern dehnte ich den Rollkragen meines Pullovers ein wenig. Der Stoff drückte unangenehm gegen meinen Adamsapfel und kribbelte auf meiner Haut.

„Schön", sagte Paul. „Ich fahre jetzt die Auffahrt hinauf!" Er unterbrach die Verbindung, bevor ich antworten konnte. Müdigkeit überkam mich. Es war elf Uhr vormittags. Ich wollte in den Laken meines Bettes ertrinken.

Mit ein paar Schritten stand ich am Fenster. Ich schob die Gardinen zur Seite, nur ein wenig, sodass ich von außen nicht gesehen werden konnte, und erblickte ein schwarzes Auto, das in rasantem Tempo den Weg entlangfuhr. Viel zu schnell! Der Sand flog hinter dem Auto hoch und wurde zwischen den Bäumen hindurch auf die Wiese geschleudert.

„Es ist Moreau, er kommt vorbei." Der Schweiß perlte auf meiner Stirn.

„Wann?", fragte Malin. Meine Frau spielte am Esstisch mit unserer Tochter Lilou.

„Jetzt gleich."

„Wie nett von ihm."

Ich drehte mich mit einem Ruck um. „Nett? Du glaubst doch nicht, dass der Typ vorbeikommt, um uns eine Freude zu machen? Wenn Paul freundlich sein will, schickt er eine Karte oder eine E-Mail, einen Blumenstrauß, oder er ruft kurz an, aber er kommt sicher nicht selbst vorbei!"

Lilou schaute erschrocken in meine Richtung. Ich versuchte sie mit einem schiefen Lächeln zu beruhigen. Sie zeigte mir die kleine Puppe, die sie mit Malin aus einer bunten Knetmasse gebastelt hatte.

Wieder wurde mir ein bisschen schwindelig. Ich hatte keinerlei Bedürfnis, Kollegen zu Hause zu empfangen, das hatte ich dem Betriebsarzt der Schule ausdrücklich mitgeteilt. Kein Kontakt, bis ich wieder die Energie aufbringen konnte, selbst anzurufen. Ich musste zuerst wieder zur Ruhe kommen. Und wenn jemand meinen Wunsch kannte, dann war es Moreau. Er war immerhin der Rektor der *Mixted Public École* in Lion-sur-Mer.

Ich sah, wie Moreau aus dem Auto stieg. Sein Blick schweifte über die Weiden, den Hof, die Holzgaragen neben der Einfahrt und verlor sich am Waldrand in der Ferne.

„Das ist kein gutes Zeichen", überlegte ich laut.

„Du siehst Gespenster", beruhigte mich Malin. „Lassen wir ihn doch erst einmal hereinkommen. Mal den Teufel nicht gleich an die Wand. Du musst die Dinge einfach auf dich zukommen lassen, Jules."

Moreau stand vor dem Haus und spähte hinauf zum oberen Stockwerk. Oder sah er den Wetterhahn auf dem Dach an?

„Er ist gekommen, um mich zu feuern", flüsterte ich. „Das Lehrerkollegium ist doch längst davon überzeugt, dass ich versagt habe."

„Warum siehst du immer alles gleich so negativ? Immer die pechschwarze Nacht, auch wenn es draußen noch nicht mal dämmert. Er möchte doch nur wissen, wie es dir geht, Jules. Bleib locker!"

„Du kennst Moreau nicht so gut wie ich", murmelte ich im Vorbeigehen.

„Seltsam, dass wir uns erst jetzt kennenlernen", sagte Malin. Beim Blick über Moreaus Schulter sah ich, wie sie ihn anlächelte, und die Art und Weise, wie sie ihre Augen zu zwei schelmischen Schlitzen zusammenpresste und ihren Kopf leicht schräg legte, berührte mich auf eine unangenehme Weise. Wie ein winziger Dorn stach das Gefühl des Verrats in mein Herz, als Malin sagte: „Es kommt mir vor, als würde ich Sie schon ewig kennen."

Langsam drehte sich Moreau zu mir um und lächelte. „In diesem Haus wird über mich geredet?"

„Nur positiv, nur das Beste und …", antwortete ich schnell.

Moreau wandte sich wieder von mir ab, sodass ich die letzten Worte gegen den dunkelblauen Blazer sprach, der sich um seinen breiten Rücken spannte. Der Mann hatte einen Körper wie ein Bodybuilder und kleidete sich so, dass man das gut erkennen konnte. Ja, der Rektor des *Mixted Public École* in Lion-sur-Mer war eine wahre Führungspersönlichkeit, ein Mann von Format, der über eine natürliche Dominanz und Anziehungskraft verfügte, der man sich kaum entziehen konnte; als wäre seine Gestalt ein Himmelskörper, dessen Schwerkraft die Menschen zwang, sich ihm zuzuwenden.

Mich widerten die Worte an, die ich rasch gehaspelt hatte: *nur positiv, nur das Beste.* Sie waren jämmerlich defensiv, obwohl es überhaupt keinen Grund gab, ihm gegenüber eine Abwehrhaltung einzunehmen. Warum hatte ich mich gleich so unterwürfig zu verteidigen versucht? Selbstverständlich sprach ich zu Hause über meine Arbeit, in den letzten Wochen mehr denn je, und dabei war natürlich auch hin und wieder der Name meines Vorgesetzten gefallen. Was war dabei?

„Ich hatte mir ein ganz anderes Bild von Ihnen gemacht", sagte Malin. Wieder zeigte sie Paul Moreau ein scheues Lächeln. Dann schaute sie über seine Schulter zu mir, als suchte sie Zuspruch bei mir. Doch mein Gesicht, dieses gefurchte Gesicht, war wie erstarrt, und ihre Augen zogen sich fragend zusammen.

Im selben Moment wandte sich Paul Moreau voller Energie an mich. „Jules, wie geht es dir?"

Jetzt ist es so weit, dachte ich. Moreau wird mir gleich den Gnadenstoß geben, jetzt, da er gesehen hat, dass ich ein alter Mann in einem jungen Körper bin.

„Ganz gut, danke. Den Umständen entsprechend. Letzte Woche habe ich viel geschlafen und …", antwortete ich.

„Wunderbar!" Moreau nickte. „In zwanzig Minuten muss ich wieder in der Schule sein. Ich bin auch nur schnell vorbeigekommen, um dir etwas zu bringen."

Paul drückte mir ein Buch in die Hand. Auf der Vorderseite war eine sich brechende Welle abgebildet. *Mindmapping der Achtsamkeit – Einklang in deinem Leben* stand in roten Buchstaben am blauen Himmel über dem schäumenden Wasser. Was für ein bescheuerter Titel!

„Das schien mir genau das Richtige für dich zu sein." Moreau klopfte mir auf die Schulter, zu hart für eine freundschaftliche Geste, aber zu weich für eine Ankündigung feindlicher Aktivitäten. „In der wöchentlichen Vorstandssitzung werden stets die Vorkommnisse an der Schule besprochen. Letzte Woche hat Durand natürlich zur Sprache gebracht, dass du mitten im Unterricht die Schule verlassen hast und nach Hause gegangen bist. Diese Aktion sorgte verständlicherweise für Aufregung, besonders unter den Schülern." Er wandte sich an Malin, als wüsste sie nichts von diesem Vorfall. „Die Klasse hat gehört, wie Jules sagte: ‚Ich muss mich nur schnell um etwas kümmern', und dann stürzte Ihr Mann aus dem Klassenzimmer. Fünf Minuten später sahen die Schüler durchs Fenster, wie er mit dem Fahrrad über den Schulhof davonradelte."

Ich sah mich wieder vor der Klasse stehen, kurz bevor es passierte. Ich erzählte den Schülern gerade von meiner festen Überzeugung, dass sich Geschichte niemals wiederholte, wie das Klischee uns glauben machen wollte, sondern lediglich in die Gegenwart nachhallte und so unter Umständen wieder ähnliche Prozesse auslöste.

„Konflikte werden in der Regel selten wirklich gelöst, und deshalb schwelen auch nach einer Versöhnung die Differenzen weiter, bis sich unterschwellig wieder etwas zusammenbraut", behauptete ich und wischte den Satz *„Die Geschichte wiederholt sich"* dabei von der Tafel.

Ich seufzte und schwieg einen Moment lang. Starrte schweigend auf die verschmierten, ausradierten Worte. Nicht, weil mir der Text ausgegangen wäre oder weil ich die Klasse durch mein Schweigen ermahnen wollte, sondern weil meine Stimmbänder auf einmal ins Stocken geraten waren.

Der Arm, mit dem ich den Text weggewischt hatte, zitterte leicht, und der groteske Drang, meinen Mageninhalt gegen die Tafel zu speien, wurde rapide stärker. Ich presste meine Lippen zusammen, atmete tief durch die Nase ein, schluckte ein paarmal, was den Brechreiz unterdrückte. Noch einmal atmete ich tief ein und aus.

„Das ist allerdings eine nicht ungefährliche Schlussfolgerung", fuhr ich fort, „denn die These impliziert, dass es besser wäre, zwei Feinde einen Krieg bis zum bitteren Ende fortsetzen zu lassen, als mit einer internationalen Streitmacht einzugreifen und den Konflikt dadurch ins Unterschwellige zu verbannen."

Wieder verstummte ich. Auch andere Teile meines Körpers begannen zu zittern. Arme, Beine, Unterlippe. Leicht panisch wandte ich mich an die Klasse. Niemand schien mir zuzuhören, wirklich zuzuhören. Leere Blicke starrten mich an, vier Schülerinnen hinten rechts unterhielten sich. Nicht einmal sehr leise. Eigentlich sollte ich etwas sagen zu den Rücken, die mir zugewandt waren, zu dem Flüstern und Kichern, den geschlossenen Büchern, den Heften, die noch in Schultaschen steckten, zu dem Jungen, der schlafend mit vorgebeugtem Kopf auf seinem Tisch lag, zu den Zeichnungen, die auf lose Blätter gekritzelt waren, den Handys, die trotz des Verbots benutzt wurden. Doch ich war nicht im Klassenzimmer anwesend, stand außerhalb dieser Welt, befand mich nicht einmal in meinem Körper. Ich schwebte im All. Oder besser: im Nichts.

Ich löste mich aus dieser bizarren Erstarrung und wandte mich wieder der Tafel zu, setzte meine Geschichte fort. „Wenn es ein

Wort gibt, das seine eigentliche Bedeutung kläglich verfehlt, dann ist es ‚Frieden'."

Das Sprechen war mühsam geworden. Meine Unterlippe widersetzte sich mir, tat nicht, was sie tun sollte. Die Geräusche hinter meinem Rücken schwollen an, und in diesem Moment kam es mir so vor, als erschlafften die Muskeln in meinen Armen und Beinen. Der Stift in meiner Hand wurde zu einem monströsen Gegenstand, den ich kaum mehr zu halten vermochte.

Ich zwang mich, den Marker in die Aluminiumablage unter dem Whiteboard zu stecken, und wandte mich wieder dem Klassenzimmer zu. Ich hustete. Das Getuschel schien für einen Moment zu verstummen, schwoll aber sofort wieder an. War es Einbildung, oder fiel durch die riesigen Fenster nun ein anderes Licht herein? Ein diffuses, grelles Licht, das harte Linien in die gemeißelten Gesichter der Schüler zeichnete, die mich nun alle anstarrten.

„Leute, hört zu!" Ich hielt inne, weil ein Zischen durch den Raum zu gehen schien. Es kam von den Schülern, sie verstummten nicht. Meine Stimme klang dünn. „Wir werden es einen Moment anders machen", hörte ich mich fast flüsternd sagen. „Nehmt jetzt das Buch vor euch und lest euch Absatz vier Punkt drei durch. Ich muss mich nur schnell …"

Moreau riss mir das Buch aus der Hand und blätterte es durch, ohne es sich anzusehen. „Niemand hat deinen Burn-out kommen sehen, Jules. Das Einzige, was mir in den letzten Wochen aufgefallen ist, war, dass du ständig über alles etwas zu meckern hattest." Der Rektor wandte sich wieder an Malin. „Nichts schien mehr richtig zu sein. Alles war in Auflösung begriffen. In seinen Augen war alles nur noch Chaos. Unterrichten war schwieriger als jeder andere Beruf, die Schüler waren unwilliger als früher, die Arbeitsbelastung war viel zu hoch. Als Durand mir dein Verhalten letzte Woche genau beschrieben hat, kam mir dieses Buch in den Sinn. Mein Yogatrainer hat mich vor einem Jahr darauf aufmerksam gemacht, und seit ich es gelesen habe, habe ich eine andere Einstellung zum Leben gewonnen."

Moreau drückte es mir wieder in die Hand. Mir war nicht aufgefallen, dass der Herr Rektor sich im letzten Jahr verändert hätte. In der *Mixted Public École* hatte niemand dazu eine Andeutung gemacht.

Ich lächelte zurückhaltend. *Oder sieht es spöttisch aus?*

„Ja, Yoga. Ich schätze mal, das hättest du nicht von mir erwartet", fuhr Moreau selbstgefällig fort und schaute dabei auf seine Uhr. „Hoffentlich bin ich dir nicht zu nahe getreten, Jules. Was ich dir gesagt habe, war nicht persönlich gemeint. Ich will wirklich nur das Beste für dich und natürlich für unsere Schule."

„Nein, nein. Ich verstehe das schon."

Wieder ließ Paul sein dämliches PR-Grinsen aufblitzen, aber ich war froh, dass er mir wenigstens nicht die Hand reichte. Ich war stinksauer. Aus allen möglichen Gründen.

„Ich muss dann wieder. War schön, dich zu sehen."

Als ich ihn hinausgelassen hatte und das Zimmer wieder betrat, sagte Malin fast ehrfürchtig: „Ein außergewöhnlicher Mann, zu dem man einfach aufsehen muss."

Ich erwiderte nichts, wollte nicht darauf antworten. Ich starrte das Buch an und stellte mir vor, wie ich später am Abend das Kaminfeuer damit füttern würde. Seite für Seite hineinwerfen, damit ich es lange genießen konnte. Ich hatte kein Bedürfnis nach einem bescheuerten therapeutischen Buch, und ich sehnte mich schon gar nicht nach Veränderung. Ich wollte schlafen oder mir stundenlang Filme ansehen, und ich wollte, dass sich das Leben für eine Weile einmal wieder um *mich* drehte. Nicht um das Prestige der *Mixted Public École,* nicht um die Zukunft meiner Schüler, nicht um Testergebnisse, Klasseninhalte, Elternabende, Arbeitswochen, Sporttage, Studienwahlen, Meetings, all die Firlefanzprobleme von pubertierenden Mädchen und pickligen Jungs, die ihre Eltern und Lehrer verfluchen.

„Was war das für ein komischer Mann", hörte ich Lilou zu meiner Frau sagen.

„Er war doch ganz nett", antwortete Malin lachend.

Ich schlug das Buch an einer x-beliebigen Seite auf und las: *Stress beinhaltet drei Faktoren. Da sind natürlich die Ereignisse, die den Stress verursacht haben. Dann ist da noch die Reaktion unseres Körpers auf diese Stresssituationen. Der dritte und entscheidende Faktor aber ist die Art und Weise, wie wir damit umgehen. Dass wir nur bei diesem letzten Faktor eine Wahl haben, ist die schlechte Nachricht, die gute aber ist, dass wir überhaupt eine Wahl haben. Bei Mindmapping der Achtsamkeit geht es darum, die richtige Wahl zu treffen.*

Für Moreau war mein Fernbleiben von der Schule offenbar eine Entscheidung, die ich gefällt hatte. *Dieser schmierige Scheißkerl tat so, als hätte ich einfach keine Lust mehr, die Schule aufzusuchen!*

Ich warf das Buch wütend auf den Esstisch, genau auf die Puppe, die meine Tochter aus bunter Knetmasse gebastelt hatte.

„Was machst du denn da, Papa!?", kreischte Lilou. Unmittelbar danach begann sie zu weinen.

„Du hast die Beherrschung verloren, Jules. Nun benimm dich doch nicht wie ein Kleinkind!", zischte Malin.

Normalerweise hätte ich Lilou sofort getröstet und ihr ein „Entschuldigung" ins Ohr geflüstert, woraufhin sie mich mit einem Schmollmund ansehen würde, ich wiederum ihre Stirn küssen und ihren Hals mit meinen Lippen kitzeln würde, bis sie wieder lachte.

Stattdessen ging ich zum Fenster, schob die Gardinen ein wenig beiseite und sah gerade noch Moreaus Auto in die Hauptstraße einbiegen. Seine Reifen hatten eine Spur durch den Kies gezogen.

„Warum musste er mir unter die Nase reiben, dass ich bei der Vorstandssitzung auf der Tagesordnung stand?"

„Er wollte doch damit nur sagen, dass sie sich Sorgen um dich gemacht haben."

Ich glaubte, eine Irritation in ihrer Stimme zu hören. Sie nimmt Moreau in Schutz, dachte ich. Sie hat mehr Verständnis für seine Position als für meine. Er hat sie beeindruckt, und jetzt stellt sie sich auf seine Seite. Ich hatte Malin immer vertraut und konnte nun wirklich auch von ihr Loyalität erwarten. Doch die schien sich allein durch sein Auftreten verschoben zu haben. Ob Moreau meine Frau begehrte?, fragte ich mich plötzlich. Ob sie ihn wohl attraktiv fand? Hatte sie das im Grunde nicht sogar zugegeben?

Ich spürte fast schmerzhaft, wie sehr ich Marlin brauchte. Und dann tauchte Moreau hier unerwartet auf, als wollte er sie mir abwerben. Was hatte er hier in meinem Heim überhaupt zu suchen?

Dabei hätte ich heute Morgen noch jeden Eid geschworen, ihre volle Loyalität zu besitzen. Aber es gab doch immer einen Haken, wenn Loyalität im Spiel war. Es dauerte Jahre, um echte Loyalität aufzubauen, und es genügten Sekunden, um sie zu zerstören.

Und für Moreau war Loyalität ohnehin ein Fremdwort.

Verärgert zerknüllte ich den dekorativen Vorhang. „Moreau kann so viel Süßholz raspeln, wie er will. Ich traue dem Frieden nicht. Irgendwas ist da im Busch."

Frieden. Da war es wieder dieses verlogene Wort.

Hinter mir ertönte ein Seufzer. „Sieh doch nicht immer gleich so schwarz. Er war doch wirklich sehr nett zu dir, Jules. Vielleicht hat er recht, und dieses Buch wird dir helfen. Versuch es doch wenigstens."

Ihre Stimme vernahm ich nur schwach, als wäre sie durch den Nebel gedämpft, der sich über meine Gedanken legte.

Ich antwortete nicht, und sie wandte sich irgendwann ab und erklärte, sie würde zum Supermarkt fahren. Es drang kaum zu mir durch, denn ich dachte noch immer über Moreaus Auftritt nach.

Achtsamkeit war auch so ein Wort, das Normalität vorgaukelte, wo Empörung angebracht wäre.

Als ich schließlich wieder aus dem Fenster schaute, sah ich Lilou unten am Bordstein sitzen. Sie spielte weder mit ihren Barbiepuppen noch mit dem kleinen Kochherd, an dem sie so viel Spaß hatte, seit Malin ihn ihr vor einer Woche geschenkt hatte. Lilou saß ganz einfach nur traurig da und hielt Ausschau nach ihrer Mutter, die zum Einkaufen im Supermarkt gefahren war. Die Ellbogen auf den Schenkeln und das Kinn in die Hände gestützt, ein vierjähriges Mädchen, das auf seine Mutter wartete. Weil sein Vater es enttäuscht hatte.

Ich fühlte mich plötzlich elend, mir war zum Heulen.

Ich öffnete die Tür und ging auf meine Tochter zu. „Lauf nicht auf die Straße", sagte ich und nahm Lilou ganz fest in die Arme. „Tu ich nicht, Papa." Sie hauchte es fast nur.

... die Beherrschung verloren ...

Lilou hatte nur ein bisschen geweint ... nein ... nein ... die Wahrheit war ... ich hatte laut herumgebrüllt. Es war so schwer, sich durch den Nebel jener Wut daran zu erinnern. Da war immer wieder dieser ständige Misston, diese kleine, aggressive Stimme in meinem Hinterkopf.

Ich ließ sie abrupt los und ging wieder ins Haus, setzte einen Kessel Wasser auf und legte für Lilou ein paar Kekse auf einen Teller. Vielleicht kam sie ja doch noch herein und suchte Versöhnung.

Ich setzte mich in den Sessel, den großen Becher vor mir, und schaute aus dem Fenster zu Lilou hinunter. Sie saß immer noch in ihrer dicken Wolljacke am Bordstein.

Die Tränen, die ich die ganze Zeit zurückgedrängt hatte, flossen jetzt. Ich beugte mich über den Becher mit dem duftenden, dampfenden Tee und weinte hemmungslos.

Weinte um die verlorene Vergangenheit und aus entsetzlicher Angst vor der Zukunft.

EIN MANN AUF EINER MIS-SION

Ich fuhr gefährlich schnell auf Straßen, die dafür nicht ausgelegt waren. Ich musste unbedingt meine Gedanken ordnen. Und dazu musste ich mich ganz von der Welt zurückziehen. Nur dann konnte ich klarer sehen und in aller Ruhe nachdenken. Ich durfte nichts überstürzen und nichts Unüberlegtes tun. Ich wollte alle Umstände berücksichtigen, alle Möglichkeiten bis ins Kleinste vorher durchspielen, damit ich keine unliebsamen Überraschungen erlebte, die mich zum Improvisieren zwangen. Alles sollte perfekt sein, methodisch, durchdacht. Wenn mir in meinem Leben eine einzige Sache ohne den kleinsten Fehler gelingen sollte, dann diese.

Ich handelte nicht aus einem plötzlichen Impuls heraus. Ich hatte alles geplant, alles vorher bedacht, mir alles überlegt. Der Wahnsinn wies mir den Weg, und diesmal hatte ich beschlossen, auf ihn zu hören. Ich lieferte mich ihm mit Leib und Seele aus, damit er mich endlich leben ließ.

Als ich ein kleiner Junge war, war mein Verständnis von Vergeltung so simpel wie die Sprichwörter in Sonntagspredigten, die einem Rachegedanken ausreden sollten. Adrette kleine Moralsprüche wie „Was du nicht willst, dass man dir tut, das füg auch keinem andren zu" oder „Ein Unrecht hebt das andere nicht auf". Denn doppeltes Unrecht konnte niemals Recht ergeben, weil ein zugefügtes Leid ja kein anderes ungeschehen zu machen vermag.

Ich habe das lange geglaubt, bin aber heute anderer Meinung. Bei der Vergeltung wie überhaupt im Leben führte jede Handlung zu einer ähnlichen, ihr entgegengesetzten Reaktion. Wie bei dem Duell zweier Revolverhelden kam es darauf an, schneller zu sein. Und wenn man aus dem Verborgenen zuschlug, hatte man einen Vorteil. Ich zweifelte nicht an der Genugtuung, welche die Vergeltung bot. Letztendlich würden die Schuldigen fallen.

Mein Smartphone leuchtete das erste Mal auf, als ich Plumetot längst hinter mir gelassen und gerade die Gemeindegrenze von Lion-sur-Mer überquert hatte. Ich war nicht überrascht, dass der Anrufer meine Mutter war. Eine angenehme Unruhe schlich sich in meinen Körper: Die Umsetzung meines Plans hatte begonnen.

Aber fast sofort wich diese Unruhe Zweifeln, und während ich mit hoher Geschwindigkeit über die holprige Straße raste, kamen mir alle erdenklichen Fragen in den Sinn: Warum hat es fast zehn Minuten gedauert, bis jemand bemerkt hat, dass ich dem Trauerzug nicht gefolgt bin? Was sagte mir das über mich und meine Familie? Würde mein Plan überhaupt funktionieren? War ich der Richtige für dessen Umsetzung? Oder wäre es besser gewesen, für diesen Job eine Schlägertruppe anzuheuern? Vielleicht sollte ich lieber umkehren? Wenn ich das jetzt tun würde, auf halber Strecke der D221, die Lion-sur-Mer mit Plumetot verband, könnte ich in der Kirche sein, bevor der Gottesdienst begonnen hatte, und den Platz zwischen meiner Mutter und meiner Schwiegermutter einnehmen. Sie würden meine verspätete Ankunft akzeptieren. Wenn ich meiner Mutter ins Ohr flüsterte, dass sie recht damit gehabt hatte, dass ich nicht selbst hätte fahren sollen, würde sie allenfalls die Hand beruhigend auf meinen Oberschenkel legen, mich versprechen lassen, mit ihr zurückzufahren und mich jetzt zu beruhigen; ich kannte meine Mutter gut genug. Danach würde alles so weitergehen, wie es von allen erdacht und beabsichtigt war; und das durfte ich nicht zulassen.

Meine Mutter gab nicht so schnell auf. Mein Smartphone klingelte etwa zwanzigmal, bis es wieder still wurde. Doch erst da traf mich der Zweifel mit voller Wucht. Ich trat mitten auf der Straße auf die Bremse und hielt an. Sofort griff der Herbstwind nach der hohen Karosserie meines Volkswagens, klopfte gegen die Scheiben, als wollte er mich anspornen.

Vor mir lag die schmale Straße, die sich durch die Wiesen schlängelte. Die Pappeln standen aufdringlich zu beiden Seiten des Asphalts, die dunkelgrauen Wolken schwebten wie Baldachine über ihnen.

Einen Moment lang schloss ich die Augen …

Ich hatte bereits vor zwei Tagen die Entscheidung getroffen, nicht zur Beerdigung meiner Frau zu gehen. Mittwochabend blätterte ich am Esstisch durch die vier Fotoalben, die das kurze Leben unserer Tochter Lilou chronologisch ordneten. Ein Buch für jedes Jahr, das hatte sich Malin unmittelbar nach der Geburt unseres kleinen Mädchens ausgedacht. Damals hielt ich das für eine lächerliche Idee, denn was sollte unser Kind an seinem achtzehnten Geburtstag mit zwei Metern aneinandergereihter Fotobände?

Meine Eltern hatten mir drei Alben mit Fotos von mir geschenkt, als ich zu Hause auszog – ein guter Überblick über die Highlights meiner ersten zwanzig Jahre. Und jetzt, da ich meine beiden Frauen verloren hatte, erlaubten mir diese vier Alben, zu der anderen Lilou zurückzukehren, vor dem Bild, von dem ich mich nicht mehr befreien konnte, weil es meine Netzhaut nie wieder verlassen würde: Malins lebloser Körper in der Scheune neben unserem Haus. Er baumelte an einem der Fahrradhaken an der Decke und schwankte leicht hin und her, wie ein Boxsack nach einem Hieb.

Es war still in unserem Haus, stiller, als es jemals sein sollte. Ich hörte nur das Knarren der alten Balken unter der Last des Herbstwindes und das Knistern der Schutzblätter im Album.

Fasziniert schaute ich auf die Fotos, die ich vor vier Jahren während der Schwangerschaft geschossen hatte. Ich erinnerte mich an die Geburt von Lilou, als wäre es gestern gewesen, und vor allem an das unumkehrbare Glück, das meine Frau ausstrahlte, trotz der vierundzwanzig Stunden anhaltenden Wehen und der zwei Stunden, in denen Malin ihre Urkräfte mobilisieren musste, um Lilou zu gebären. Von dem Moment an, als der gekrümmte, klebrige kleine Körper an die Brust seiner Mutter gelegt wurde, strahlte Malins erschöpftes Gesicht vor Freude.

Aber jetzt, da meine Frau seit zwei Tagen tot war, konnte ich diese Freude auf keinem der Fotos wiederentdecken. Es kam mir vor, als hätte ich sie mir im Laufe der Zeit selbst ausgedacht.

Plötzlich spürte ich eine brachiale Wut in mir: Mein Kind und meine Frau wurden mir genommen, ihr Leben wurde ausgelöscht. Einfach so.

Ich öffnete die Augen und trat wieder auf das Gaspedal, aber ich ließ die Kupplung noch nicht los. Der Motor heulte kurz auf, dann war es wieder still …

Nachdem ich die Fotoalben durchgeblättert hatte, schaltete ich den Fernseher ein und zappte kopflos durch die Sender, auf der Suche nach einer Ablenkung, nach etwas, um meine Wut zu kanalisieren. Ich blieb schließlich bei TV5Monde hängen und starrte auf den Actionfilm *Sam*, einen Streifen über einen Polizisten, dessen perfektes Leben in die Brüche geht, als seine Familie getötet wird. Sam nimmt Rache und avanciert zum kaltblütigen Killer. Der Ausgang stand fest: Die Verbrecher würden sterben, der Polizist überleben. Entschlossenheit lag im Blick des Mannes, seine eiskalte Ausführung sicherte ihm den Erfolg.

Auch meine Familie war tot, Frau und Tochter. Ich konnte nichts daran ändern, aber ihr Tod hatte alles für mich verändert. Ich sank tief in die Couch, und zum ersten Mal seit Tagen gelang es mir, mich zu entspannen. Die Vorhersehbarkeit und der unrealistische Charakter des Films hatten mich eingelullt und mir Ruhe geschenkt. Mir wurde bewusst, dass ich in meinem jetzigen Leben noch etwas zu Ende bringen wollte.

Meine Augenlider wurden schwerer, und mein Kopf sank zur Seite.

Warum siehst du dir das an, Jules?

Eine kleine Stimme wisperte in meinem Kopf. Ich setzte mich aufrecht hin.

Verdammt noch mal, glaubst du, es sei ein Zufall, dass dieser Film gerade heute Abend läuft?

Und ich sah weiter fern. Schaute auf den Polizisten, suchte nach dem, was sich hinter den Bildern verbarg, nach der Logik des Streifens. Am Ende, als alle Bösewichte getötet waren und der Held triumphierte, sah ich ihn mir genau an: Sam hatte nichts wiedergutmachen können, sein Schmerz würde für immer bleiben, aber dennoch wirkte er auf seltsame Weise befriedigt und befreit.

Nun war ich meiner Sache sicher: Diese Erfolgsgeschichte verdiente es, nachgezeichnet zu werden.

Jetzt, da ich auf der Straße zwischen den Wiesen stand, fragte ich mich jedoch, ob es wirklich das war, was ich wollte.

Ich war ein Lehrer, bei Gott, ein Mann mit einer Vorbildfunktion. Ich trichterte den Schülern immer wieder ein, dass sie ihre Energie besser darauf verwenden sollten, das Denken zu erlernen, denn nur die Kraft des Denkens bringe ihnen neue Schlussfolgerungen und könne verzehrende Emotionen in friedliche Erkenntnisse verwandeln.

Und nun stand ich selbst an der Schwelle zum Irrationalen. Bereit, sie zu überschreiten.

Aus Lion-sur-Mer näherte sich mir der Lieferwagen von Jacques Trémont, dem Blumenhändler aus unserem Dorf. Er hatte Blumen und Kränze für die Beerdigung geliefert. Ein unangenehmer Zufall. Der Fahrer verlangsamte den Wagen und fuhr im Schneckentempo an mir vorbei. Die Überraschung konnte ich in seinen Augen lesen. Ich nickte Jacques zu, nicht als Gruß, sondern als Bestätigung: *Ja, ich bin es, Jules, der eigentlich gerade in einer Kirchenbank Rotz und Wasser weinen sollte.*

Ich war aber auch der Mann, der eine Schuld zu begleichen hatte, der Mann mit einem Plan. Der Mann, der sich selbst wegzaubern würde.

In ein oder zwei Tagen, wenn ich offiziell als vermisst galt und mein Foto in den Zeitungen abgebildet war, würde Jacques besorgt zum Telefon greifen, um zu melden, dass er mein Auto mitten auf der Straße gesehen hatte, würde diesen Austausch von Blicken beschreiben, mein mechanisches Nicken, das man durchaus auch als Abschiedsgruß deuten könnte.

Ich schloss erneut die Augen und sah wieder den Raubvogel vor mir, seinen Sturzflug, die Krallen, die Beute. Voller Überzeugung trat ich abermals aufs Gas und ließ die Kupplung los, nachdem ich geschaltet hatte.

Während ich mit hoher Geschwindigkeit die lange, kurvenreiche Straße entlangfuhr, erhielt ich einen zweiten Anruf, diesmal von meinem Schwiegervater. Ich klickte den Anruf weg. Ein deutlicheres Signal konnte ich nicht geben.

Du bist ein Mann auf einer Mission!

Ich nickte mir selbst im Rückspiegel zu. Ich war ein Mann auf einer Mission, und niemand konnte mich davon abhalten, sie auszuführen.

Der Asphalt war am Wegrand abgesackt und rissig. Die Bäume auf beiden Seiten der Straße schienen mir mit ihren Zweigen Beifall zu klatschen, ab und zu schob der Herbstwind mein Auto leicht in ihre Richtung, damit sie mich umarmen konnten. Ein Hochgefühl erfüllte mich.

Viel zu schnell näherte ich mich der letzten Kurve kurz vor Lion-sur-Mer. Dort jubelten mir die Bäume nicht mehr zu, sondern zeigten stumm die Narben der abgeschlagenen Rinden, kahle Stellen wie Wundmale, die meinen Schmerz zurückriefen.

GEBROCHENE FLÜGEL

Moreaus Buch ist nicht im Kamin gelandet. Malin rettete es vor der Zerstörung, nachdem ich ihr meine Absicht kundgetan hatte. Sie stellte es stattdessen in den Bücherschrank, und zwar frontal, die Vorderseite auf den Betrachter gerichtet.

„Bald wirst du es lesen wollen", sagte sie mit Bestimmtheit. Malin stand direkt vor mir und umarmte mich: „Du wirst mir noch dankbar sein, dass ich es gerettet habe. Du musst erst zur Ruhe kommen, bevor du es lesen kannst."

Sie küsste mich flüchtig und versuchte meinen Blick zu einzufangen, aber ich löste mich aus ihrer Umarmung. Die Welle auf der Vorderseite des Buches starrte mich aus dem Bücherregal an wie ein dunkles, hypnotisierendes Auge. Warum hatte sich Moreau die Mühe gemacht, den ganzen Weg von Lion-sur-Mer zu unserem abgelegenen Haus zu fahren? Hatte ihn dieses Buch tatsächlich dazu motiviert, anders auf seine Lehrerkollegen zuzugehen? Nein, bestimmt nicht. Da war irgendetwas im Gange, von dem ich ein Teil war, wovon ich aber nicht die geringste Ahnung hatte.

„Du solltest heute mal wieder an die frische Luft gehen, du hast eine Woche lang das Haus nicht verlassen", fuhr Malin fort, als sie sich wieder an den Esstisch setzte. Lilou hatte ihre Tonpuppe repariert, die ich mit dem Buch zerquetscht hatte, und zeigte sie ihrer Mutter. Malin lächelte bewundernd. Dann drehte sie sich wieder zu mir um.

„Es ist wichtig, dass du in Bewegung bleibst, dass du positive Dinge tust, Jules. Dann wirst du dich auch schneller erholen. Geh doch wieder joggen. Wie lange ist es her, dass du das letzte Mal Laufen warst?"

Ich zuckte mit den Schultern. „Ich bin immer noch verletzt." Ich umfasste mein linkes Knie und zog meinen Unterschenkel ein paarmal hoch. Der einstige Schmerz war längst verschwunden, ebenso meine Lust, durch den Wald zu laufen. Die Augen meiner Frau wanderten zu meinem Bein und wieder zurück.

Verachtung. Offensichtlich. Sie hatte mich durchschaut.

„Geh doch bitte heute Nachmittag mit Lilou ein bisschen in den Wald. Nimm einen Rucksack mit Getränken und etwas Leckerem zum Essen mit. Die Fleecedecke liegt im Kofferraum. Dann könnt ihr zwei irgendwo ein Picknick machen. Du musst endlich etwas tun, um wieder Energie zu tanken!"

Meine Tochter ließ die Knetmasse aus ihren Händen fallen. „Oh ja, in den Wald! Das machen wir, Papa. Wie toll!" Lilou rutschte vom Stuhl und stellte sich strahlend direkt vor mich.

„Papa wird darüber nachdenken, Schätzchen", antwortete ich und streichelte mit meiner Hand ihren Kopf.

„Ja! In den Wald, in den Wald, in den Wald", jubelte Lilou vor Freude und hüpfte aus dem Zimmer.

Ich hörte, wie sie zum Schuhregal im Flur ging. Es gab keinen Ausweg mehr. Ich würde mit ihr nach draußen gehen müssen, weil meine Frau das für mich geplant hatte.

„Lilou hält das doch gar nicht durch", protestierte ich. „Sie ist vier Jahre alt. Nach fünf Minuten jammert sie rum, dass sie müde ist."

Malin presst ihre Augenlider zusammen. „Du meinst, du wirst nicht durchhalten?"

Ich antwortete nicht. Ich war abgelenkt. Mehr noch als Malins Augen spürte ich Moreaus Welle, die mich anstarrte. Sein Buch hatte sich in meinen Rücken eingebrannt. Entschlossen drehte ich mich um, ging zum Bücherregal und legte das Geschenk des Rektors flach hin, drehte es auf den Kopf, dachte kurz darüber nach und schob es schließlich irgendwo zwischen die anderen Bücher. Die Rückseite zeigte nur den Titel: *Mindmapping der Achtsamkeit – Einklang in deinem Leben.*

An der Rückseite des Hauses vorbei verließen wir unser Grundstück. Lilou lief vor mir die Landstraße hinunter, die sich allmählich zu einem Waldweg verengte. Der sandige Pfad war unser privater Eingang in den Wald. Außer Bauer Bernard, der uns schräg gegenüber wohnte und ein Weizenfeld rechts neben unserem Haus besaß, benutzte niemand diesen Feldweg. An heißen Sommertagen roch es nach aufgewühlter Erde und wilden Blumen. Die Baumkronen rauschten leise, als würden uns Hunderte Menschen gleichzeitig zur Stille ermahnen.

Lilou hatte bereits den Wald erreicht. Sie wartete nicht auf mich, sondern verschwand aus meinem Blickfeld, als der Weg nach rechts abbog. Ich ließ sie gehen. Sie würde bald müde sein und auf mich warten.

Ich drehte mich kurz zu unserem Haus um. Malin lehnte sich an den Türrahmen des Scheunentors. Sie hob ihre Hand, winkte mir kurz zu und verschwand gleich darauf im Haus. Ich erwiderte ihren Gruß nicht, ich wollte mehr als alles andere in die Sicherheit unseres Wohnzimmers zurückkehren, den Rest des Tages im Sessel am Fenster verbringen und auf das sanfte Wiegen des Maises links vom Haus und die Weizenfelder zur Rechten starren.

Ein Schrei ertönte aus dem Wald, ein tiefer, kehliger Ton, der in panisches Weinen überging. Ich brauchte ein paar Sekunden, um zu begreifen, dass er von Lilou kam. Meine Lilou, mein kleines Mädchen, meine Mini-Malin! Ich erkannte es an der Art und Weise, wie mein Körper auf den Schrei reagierte, als ob sich mein ganzes Inneres für einen Moment zusammenzöge und dann wieder kräftig ausdehnte.

Mit großen Schritten lief ich über den sandigen Weg auf die Bäume zu. Die Thermoskanne in meinem Rucksack rieb an meiner Wirbelsäule, und bei jedem Schritt stieg Sand vom Boden auf.

Das Heulen ging weiter, und jeder Weinkrampf endete in einem lauten Schrei. Lilou war weiter entfernt, als ich gedacht hatte. Ich lief fast fünfzig Meter in den Wald hinein, ehe ich meine Tochter erreichte.

Sie stand mitten auf dem Feldweg und schrie. Erstarrt, den Kopf auf den Boden gerichtet. Ihre Fäuste ballten sich, ihre Arme hielt sie fest an den Körper gepresst. Es war niemand in der Nähe, es gab nichts zu sehen. Als sie spürte, dass ich hinter ihr stand, ging Lilou einen Schritt zurück, umfasste meine Beine und zeigte auf den Boden.

„Ich bin darauf getreten", sagte sie schluchzend, „aber nicht mit Absicht."

Zu ihren Füßen zappelte ein verletzter Vogel. Er drehte sich durch die lockere Erde im Kreis, weil er nur einen Flügel benutzen konnte, der andere war gebrochen. Die Federn bildeten keinen ordentlichen Fächer, sondern standen in alle Richtungen ab, und die äußere Hälfte des Flügels zeigte gerade nach oben. Der Kopf des Vogels war ramponiert, und sein kleiner Rücken teilweise aufgerissen. Wahrscheinlich war er knapp einer Katze entkommen und mit allerletzter Kraft hierhergeflogen.

„Ich stand auf seinem Flügel." Lilou schaute mit tränenüberströmten Augen zu mir auf. „Ich hab ihn doch nicht gesehen, Papa. Ich bin hier gelaufen, und plötzlich machte es *knack*." Sie deutete mit dem Finger auf den Flügel des Vogels, der wieder zu zappeln begann.

Ich sah, dass eines seiner Beine ebenfalls gebrochen war. Der Vogel bewegte seinen Kopf noch ein paarmal nervös hin und her, dann sackte er plötzlich zu Boden. Regungslos lag er zu Lilous Füßen. Meine Tochter klammerte sich an meine Beine. „Ist er tot, Papa? Hab ich ihn getötet?"

Die Brust des Vogels hob sich.

„Er lebt, Lilou. Er ist am Leben!"

Lilou ließ meine Beine los und beugte sich über das Tier. „Ich hab dich wirklich nicht gesehen, Vogel."

In meinem Kopf hörte ich Malin kreischen: „Entferne sofort den Vogel! Du weißt, wie sensibel Lilou ist. Sie hat Angst vor dem Tod." Meine Frau würde mich mit ihrem Blick durchbohren.

Ich musste den Vogel schleunigst von hier fortbringen, oder wir mussten uns entfernen. Vorzugsweise beides.

„Du bleibst hier, Lilou. Papa sucht für den Vogel einen Platz zum Schlafen. Er muss sich ausruhen." Ich sank auf die Knie und bewegte meine Hände in Richtung des Vogels. Seine Augenlider wölbten sich weiter auf, das Tier erstarrte, bewegte sich nicht mehr.

„Genau wie Papa", sagte Lilou. Sie klopfte mir auf die Schulter.

Überrascht wandte ich mich wieder meiner Tochter zu. *Genau wie Papa?* Was hat mein vierjähriges Mädchen noch von meinem Burn-out mitbekommen?

„Mama sagt, Papa ist müde, und wir werden deshalb bald keinen Cent mehr haben", fügte Lilou hinzu, als ob sie meine Gedanken lesen könnte.

Ich nickte. „Ja, Papa ist müde, aber du musst dir keine Sorgen machen. Mama macht nur Spaß."

Mit Abscheu, Gänsehaut an meinen dünnen Armen und gegen die Tränen ankämpfend, hob ich den verstümmelten Vogel vom Boden auf.

Sein Körper war warm und klebrig, er zitterte vor Stress und zappelte wieder unkontrolliert. Reflexartig schloss ich meine Hände, um ein Entkommen zu verhindern. Das aufgerissene Fleisch drückte gegen meine Handflächen, und ich spürte etwas Feuchtes zwischen meinen Fingern.

„Du wartest hier auf mich. Okay?", sagte ich wieder. Lilou schaute stumm auf meine Hände. Der ramponierte Vogelkopf ragte wie ein Zeiger zwischen meinen Daumen empor.

Ich verließ den Weg, ging zwischen den Büschen hindurch zu einer moosbewachsenen Lichtung und kniete dort außer Sichtweite meiner Tochter hinter einem dicken Baumstamm nieder. Der Vogel verkrampfte sich, als ich ihn hinlegte. Ich nickte ihm zu, stand auf und wollte zu meiner Tochter zurückkehren. Wenn ich ihn hier so zurücklassen würde, würde er einen langsamen Tod erleiden oder von einem anderen Tier als Spielzeug oder Abendessen benutzt werden. Ich schaute mich um und fand einen Stein, der groß genug war, um den Vogel von seinem Elend zu befreien.

Ich kniete mich wieder neben ihn hin, und es kam mir so vor, dass ich mich selbst ansähe. *Ich* war dieses angeschlagene Tier auf dem Moos. In einem Moment der Schwäche war ich von einem mehrköpfigen Raubtier geschnappt worden. Wochenlang hatte es mich gejagt, mit mir gespielt, und nun lag ich erschöpft am Boden.

Malin hatte mich aus einem bestimmten Grund nach draußen geschickt, meine Tochter war mir aus einem bestimmten Grund vorausgelaufen, dieser Vogel lag aus einem bestimmten Grund auf dem Weg hinter unserem Haus. Jemand versuchte mir zu sagen, dass ich ein angeschlagener Vogel mit einem gebrochenen Flügel sei, der keinen Gnadentod brauchte, sondern Hände, die ihn trugen.

Ich holte tief Luft. In dem Moment, als ich meine Hand öffnete und den Stein losließ, entwich meinem linken Auge eine Träne.

EIN HOCHKOMPLEXES IN-NENLEBEN

Als ich die Landstraße verließ und auf die Provinzstraße zwischen Plumetot und Lion-sur-Mer fuhr, fiel die Anspannung ein wenig von mir ab. Das Adrenalin, das mich anfangs hellwach gemacht und meinen Verstand geschärft hatte, ließ nach, und als ich auf der Schnellstraße war, richteten sich meine Augen nach innen. In tiefem Dunst glitt ich durch die normannische Landschaft, ließ Plumetot hinter mir, ohne gewahr zu werden, dass ich die Orte Cresserons und Douvres-la-Délivrande passierte, mein Auto über Verkehrsplätze lenkte, unter Viadukten hindurch und an Ampeln vorbei.

Ich dachte zurück an die Aufnahmen der Geburt meiner Tochter, die ich mir Anfang der Woche in der tödlichen Stille angesehen hatte. Besonders die Aufnahme der Hebamme, die Lilous kleinen Körper mit einer Hand an den Beinchen hochhielt und mit der anderen die Wirbel in ihrem Rücken zählte, war mir nun wieder deutlich vor Augen, denn dieses Ereignis war offenbar einfach aus meinem Gedächtnis gelöscht worden. An das Durchtrennen der Nabelschnur hingegen erinnerte ich mich gut und auch an die Zärtlichkeit, mit der die Hebamme den vor Kälte gekrümmten Babykörper in eine hydrophile Windel wickelte, und ich wusste noch genau, wie ohrenbetäubend Lilou gekreischt hatte, als sie gewaschen wurde.

Ich vernahm wieder das Seufzen meiner kleinen Tochter, nachdem sie ihren ersten Durst an der Brust ihrer Mutter gestillt hatte. Aber der Apgar-Test war mir ebenso entrückt wie der Telefonanruf, in dem ich meinen Eltern mitteilte, dass unsere

Tochter ein gesundes Mädchen von sieben Pfund sei. „Sie heißt Lilou, und alles ist dran."

Erst als ich Lion-sur-Mer erreichte und mein Auto auf der Küstenstraße zum Spielball des starken Oktoberwindes wurde, kehrte ich aus meiner Abwesenheit zurück und war sofort wieder hoch konzentriert. Zu meiner Rechten wellte sich der Atlantische Ozean, zu meiner Linken erstreckte sich in der Ferne die Stadt. Ich warf einen Blick auf die Uhr am Armaturenbrett. Der Gottesdienst musste mittlerweile fast vorbei sein. In wenigen Augenblicken sollte ich die letzten Worte an meine Frau richten, bevor der Sarg zum Grab auf den Friedhof hinter der Kirche getragen würde. Mein Vater nähme vermutlich meinen Platz ein, um auf Geheiß meiner Mutter den Anwesenden mitzuteilen, ich sei so von meinen Gefühlen überwältigt, dass ich die Beerdigung nicht mehr ertragen könne. „Jules bedauert dies sehr", würde er vielleicht mit belegter Stimme hinzufügen, „aber ich denke, wir alle verstehen, dass ihm für diese zweite Beerdigung in so kurzer Zeit die Kraft fehlt."

Auch bei Lilous Beerdigung hatte mein Vater spontan eingreifen müssen. Beim Hören von „Tears in Heaven" von Eric Clapton stand Malin plötzlich auf und ging zum Mikrofon. Ich war genauso überrascht wie der Bestatter, der sofort anfing, im Programmheft zu blättern, und dann nervös auf seine Uhr schaute. Ich sah Panik in seinen Augen. Wir hatten uns vorher darauf verständigt, dass niemand sprechen würde, weil uns durch den Schmerz das Atmen schwerfiel, weil wir erstarrt waren zwischen dem Vorher, als alles hell, strahlend und leicht war, und der Dunkelheit, nachdem Lilou uns verlassen hatte. Als hätte Lilous Tod das Licht verdrängt.

Aber da vorne stand nun trotzdem meine Frau. Schluchzend, zitternd, in sich gekehrt. Malin zog das Mikrofon mit einem lauten Ruck aus dem Ständer, ging auf den geschlossenen Sarg zu, beugte sich über ihn und ließ ihre Hand über den Deckel gleiten, als würde sie Lilous Haut streicheln. Dann stammelte sie minutenlang unverständliche Worte in das Mikrofon, während ihr Tränen über das Gesicht liefen.

„Tears in Heaven" klang langsam aus, hinter mir hörte ich Gemurmel. Schließlich ging mein Vater an mir vorbei und nahm meiner Frau das Mikrofon ab. Sie wehrte sich nicht. Das Einzige, was schließlich verständlich durch das Kirchengewölbe hallte, war ihr letzter Satz: „Mami ist so dünn wie ein Blatt Papier."

Während ich die Küstenstraße weiter entlangraste und ein Auto nach dem anderen überholte, versuchte ich mir meinen Vater vorzustellen, wie er jetzt neben dem Sarg stand, die Hände unbehaglich in Höhe seines Kreuzes gefaltet, den Blick auf den Steinboden der Kirche gerichtet. Ich konnte das Gesicht, das mir so vertraut war, aber nicht vor mein inneres Auge holen. Stattdessen sah ich immer nur Moreaus widerwärtige Visage. Das spöttische Lächeln, die Art, wie er trotzig sein Kinn hob, wenn man ihn anschaute. Ich drückte das Gaspedal ein wenig weiter durch.

Tu es jetzt! Kehr um, fahr mit dem Auto durch das Tor zu seinem Haus, schlag ihn ins Gesicht, bis er bewusstlos wird, schleif ihn in deinen Schuppen und häng ihn auf, schau zu, wie seine Augen aus den Höhlen quellen, während deine Hände seinen zappelnden Füßen einen Schubs geben.

Einen Moment lang wollte ich dem Drang nachgeben, dieser dünnen inneren Stimme zu gehorchen. Aber Ruhe zu bewahren war eine Voraussetzung für eine erfolgreiche Mission. Ich musste mich auf meine Aufgabe vorbereiten wie Sam in dem Actionstreifen: konzentriert, selbstbewusst und unsichtbar für die Welt …

Als wir im Krankenhaus eintrafen, erhielten wir bereits die ersten Ergebnisse der Kriminaltechnik. Niedergeschlagen hörten wir dem jungen Polizisten zu, der nach einer Beileidsfloskel sachlich rekonstruierte, wie sich der Unfall unserer Tochter zugetragen hatte.

Ich rief mir seine Worte wieder ins Bewusstsein, als ich über die Küstenstraße raste: „Der Fahrer ist viel zu schnell gefahren."

Meine Seele hatte sich vor Schmerz gekrümmt, als der junge Polizist diese Worte sprach, und eine Flut von Bildern war über mich hereingebrochen. Meine Tochter fuhr mit dem Fahrrad in gerader Linie am Bürgersteig entlang, wurde aber von einem Scooter aufgeschreckt, der so nah an ihr vorüberrauschte, dass sie die Kontrolle verlor. Sie stürzte in dem Moment vom Rad, als ein Fahrzeug vorbeifuhr. Der Fahrer konnte nicht mehr rechtzeitig bremsen. Die Stoßstange traf Lilous Hinterkopf, und ihr kleiner Körper wurde durch die nach vorne gerichtete Kraft des Autos etwa elf Meter weit über das Pflaster geschleudert. Das hatten Zeugen ausgesagt. Erst hörten sie quietschende Reifen, dann einen dumpfen Aufprall und schließlich das Geräusch einer Tasche, die über den Boden geschleift wurde. Diese Tasche gehörte offenbar meiner Tochter. Ein Scooter wurde nicht erwähnt.

Der Polizist neigte den Kopf. Seine Hände zitterten, und das Papier, von dem er den Text ablas, zitterte mit ihm. Ich schloss meine Augen und sah den zertrümmerten Kopf meiner Tochter vor mir: unförmig, stark geschwollen und mit Rissen übersät, die Haut abgeschabt. Rohes Fleisch und Knochen waren sichtbar. Ein paar Stunden zuvor war ich bei ihrem ersten Anblick ohnmächtig geworden, jetzt war es wichtig, ruhig ein- und auszuatmen, um mich nicht übergeben zu müssen. Was für einen Schmerz musste Lilou empfunden haben, als die Stoßstange den Schädel meines Mädchens spaltete.

Die Stimme des jungen Polizisten überschlug sich für einen Moment, als er fortfuhr. „Auch ihr Fahrrad wurde schwer beschädigt. Bis der Trauma-Hubschrauber landete, verging eine Viertelstunde. Ihre Tochter starb, kurz nachdem sie in den Helikopter gehievt worden war."

Der Polizist verstummte wieder. Er sah uns verzweifelt an, faltete das Papier zusammen und räusperte sich: „Der Fahrer ist unverletzt geblieben."

Ich erinnerte mich noch genau daran, wie Malin am Ende des Berichts sagte: „Er konnte nichts dafür, ihn trifft keine Schuld."

Wer hatte dann aber Schuld? Irgendjemand musste doch den Unfall verursacht haben? Die Suche nach der Schuld warf Fragen auf und war für mich eine alles beherrschende Qual.

Man konnte der Schuld den Rücken zukehren, doch am Ende schlich sie sich von hinten an und verschlang den Schuldigen bei lebendigem Leib.

Das war meine Mission.

Ich hielt am Denkmal auf halber Strecke der Küstenstraße und starrte auf das Smartphone auf dem Beifahrersitz. Wenn mir etwas zustieße, wäre dieses Ding die einzige Verbindung, die ich mit der Außenwelt hätte.

Sicher, in Notfällen bräuchte ich das Handy. Aber das Gerät könnte auch jemandem nützlich sein, der mich aufspüren wollte. Sein hochkomplexes Innenleben sendete kontinuierlich Signale in den Weltraum, und all diese Signale wurden auf dem Server eines Providers gespeichert. Mord- und Entführungsfälle wurden manchmal dank der Funkdaten von Telefonmasten aufgeklärt. Wenn ich für längere Zeit an einem Ort bleiben würde, wäre ich relativ leicht zu lokalisieren.

Ich riss die SIM-Karte aus dem Gerät, stieg aus und ging zu einem der Mülleimer, die den Parkplatz säumten, als mir einfiel, dass es nicht ausreichte, sie wegzuwerfen. Jedes aus der Luft aufgefangene Signal war ein potenzieller Richtungsanzeiger. Warum hatte ich nicht schon früher daran gedacht? Weil ich in den letzten Tagen ganz damit beschäftigt gewesen war, den trauernden Ehemann zu spielen, den Mann, der eine perfekte Beerdigung für seine Frau wollte, der von Schmerz zerrissen war, sich stotternd mit dem Bestatter über die Zeremonie beriet, mit brechender Stimme über Farbe und Holzart des Sargs sprach sowie über Rosen oder Tulpen, Blumen oder Kränze, Schubert oder Mozart, Kuchen oder Kekse, Suppe oder Sandwiches? Es war nicht die Trauer, die es mir unmöglich machte, tagsüber zu funktionieren, und mich nachts wach hielt, sondern Wut. Während dieser schlaflosen Nächte hatte ich genug Zeit, um darüber nachzudenken, wie meine Rache aussehen würde.

Ich starrte vom Parkplatz oben auf den kilometerlangen Strand in Richtung Saint-Aubin-sur-Mer. Konnte ich die SIM-Karte zusammen mit dem Smartphone nicht in den Atlantischen Ozean werfen? Wäre es besser, die Karte zu zerschneiden? Wäre dann gewährleistet, dass der Chip kein Signal mehr aussendete?

Ich wandte mich vom Meer ab. Ein älteres Ehepaar beugte sich auf der anderen Straßenseite vor, dem Wind zugewandt, um das Denkmal aus der Nähe zu bewundern. Die Frau hatte ihren Arm fest in den ihres älteren Mannes eingehakt. Sie trug ein geblümtes Kleid und ein Kopftuch, aus dem sich ihr graues Haar vorne kräuselte. Was für ein Privileg, dachte ich, in diesem Alter auf vier wackeligen Beinen zusammenzustehen, sich gegen den Wind zu stemmen und nicht zu brechen.

Als sie weg waren, ging ich zurück zu meinem Auto, öffnete den Kofferraum und schnappte mir die Kurbel, die neben dem Ersatzreifen lag, legte den Chip auf die Steine und zertrümmerte die SIM-Karte in drei Teile. Ich schob sie mit dem Fuß in eine Bordsteinrinne. Dann lief ich zur Brücke und warf mein Handy ins Wasser, aber der starke Gegenwind erfasste das Gerät, das am Ende auf den Steinen, die den Schutzwall vor dem Wasser bildeten, zerschellte.

Ich nickte zufrieden. Die Vergangenheit war gekappt.

DER MANN MIR GEGENÜBER

Malin schien sich ertappt zu fühlen, jedenfalls schreckte sie durch das Öffnen der Tür auf. Mit einer fließenden Bewegung erhob sie sich vom Stuhl und klappte mit einem Finger das Buch zu, das vor ihr auf dem Tisch lag.

„Ihr seid schon zurück?"

Ich wusste sofort, um welches Buch es sich handelte. Das blaue Cover war so dominant, fast beschwörend.

„Papa musste weinen", sagte Lilou. „Und ich auch."

„Du hast geweint? Was ist passiert?"

Ich machte eine abwehrende Geste, ging an Malin vorbei zum Tisch und nahm das Buch in die Hand. „Es war nichts."

Zum zweiten Mal an diesem Tag legte ich Moreaus Lebenslektionen beiseite.

„Ich würde es trotzdem gerne wissen." Malin stand hinter mir. „Was ist passiert?" Ich machte einen Schritt zur Seite, aber sie versperrte mir den Weg.

Ich seufzte. „Lilou ist auf einen verletzten Vogel getreten. Sie geriet in Panik. Das Tier lag bereits im Sterben. Wahrscheinlich hat sich eine Katze an dem Vogel vergriffen und ihn auf dem Weg liegen lassen."

„Papa hat den Vogel in ein Bettchen hinter einem Baum gelegt, und ich musste auf dem Pfad warten, weil er sich ausruhen muss, genau wie Papa", ratterte Lilou herunter.

„Was hast du getan?"

Ich räusperte mich. „Der Vogel war krank und müde."

„Hast du ihn …?"

Langsam schüttelte ich den Kopf. „Ich konnte es nicht", flüsterte ich.

Lilou erlöste mich. „Zuerst fing ich an zu weinen, und dann ging Papa los, um den Vogel in sein Bett zu bringen, und als er zurückkam, fing Papa an zu weinen, und dann sagte ich, dass man doch nichts dagegen tun könne, und da lachte Papa wieder. Nur einen Moment lang. Stimmt's, Papa?"

Ich nickte fast unmerklich. „Dann sind wir einfach nach Hause gegangen", fügte ich hinzu.

Malin berührte einen Moment lang meine Schulter, eine winzige Berührung mit ihren Fingerspitzen. „Oh, Jules, es steht schlimmer um dich, als ich vermutet habe."

Ihre Worte berührten mich. Ich biss die Zähne fest zusammen, aber die Tränen konnte ich nicht mehr zurückhalten.

In dieser Nacht wurde ich von einer aufdringlichen Stimme wachgerüttelt: *Du musst laufen.* Sofort schaltete ich die Leselampe auf meinem Nachttisch ein. Malin lag neben mir und schlief. Ich schaltete das Licht aus und wälzte mich in den Laken. Wieder diese Stimme: *Du musst laufen, laufen, laufen.*

Ich lag auf der Seite, starrte die Wand an und hatte noch den Geschmack von aufgelöstem Aspirin auf der Zunge, die sich jetzt rau und ein wenig taub anfühlte. Malin atmete langsam und regelmäßig.

Es steht schlimmer um dich ... Du brauchst dir um nichts Sorgen zu machen, Jules. Malins Stimme am Abend hallte beängstigend kalt in meinem Kopf nach.

„Was genau ist das Nichts, um das ich mir keine Sorgen zu machen brauche? Sag's mir, Malin!", murmelte ich.

Die Glut des Grolls brannte in meinem Herzen. In meinem Kopf tobte das Reiß-Moreau-in-Fetzen-Verlangen.

Ich kniff die Lippen zusammen. Niemals hätte ich gewollt, dass Moreau vor meinem mahagonigetäfelten Wohnzimmer in Plumetot stand und mit mir sprach! Was hatte er nur gewollt? Nun, es sah so aus, als ob er mir den Flügel brechen wollte, weil Malin und dieser Bastard glaubten, ich würde noch größeren Mist bauen, wenn ich zu viel Bewegungsfreiheit hätte. Das passte zu Moreaus Verständnis von Loyalität. Ich schnaubte.

„Jules?" Malin sah mich mit schläfrigen Augen an.

„Nein", flüsterte ich. Mehr wagte ich nicht zu sagen. Das Blut pochte mir in den Schläfen, und ich musste die bitteren Worte, die aus mir herauswollten, mit Gewalt zurückhalten. Verzweifelt versuchte ich, positiv an Malin zu denken, die von mir abhängig war, die nun wieder friedlich neben mir schlief oder zumindest so tat. Die glaubte, dass alles okay sei, wenn man ein Zauberbuch las.

Aber dennoch wollten die bösen Worte heraussprudeln, und ich fürchtete, meine Wut über ihre mangelnde Loyalität nicht mehr lange zügeln zu können.

„Aber, Malin …", zischte ich leise, „… ich kann doch nichts für den Burn-out. Dafür kann ich wirklich nichts", knurrte ich, aber sie schien tatsächlich zu schlafen.

Einen Augenblick lang war meine Wut so groß, dass ich mich am liebsten zu ihr gedreht und sie gewürgt hätte. Laut pochte das Blut in meinen Ohren.

„Jules, du siehst schrecklich aus", hatte sie vor dem Zubettgehen gesagt. „Bist du krank?"

„Weiß nicht. Ich hab wieder Kopfschmerzen. Ich geh früh ins Bett."

„Soll ich dir etwas Milch heiß machen?"

Ich lächelte müde. „Das wäre nett."

Und jetzt lag ich neben ihr und spürte ihren warmen Schenkel an meinem. Bei dem Gedanken an mein Gespräch mit Moreau fiel mir wieder ein, wie ich mich vor ihm lächerlich gemacht hatte. Wieder wurde mir abwechselnd heiß und kalt. Eines Tages würde die Abrechnung kommen. *Dann gnade ihm Gott.*

Im Zustand höchster Erregung starrte ich in die Dunkelheit und wusste, dass es Stunden dauern würde, bevor ich einschlafen konnte.

Aufgewühlt durch eine plötzliche Unruhe in meinem Körper schlüpfte ich aus den Laken.

Nur mit der Unterhose bekleidet stolperte ich durch unser Haus, stieß im Dunkeln gegen Wände, Türen und Möbel, öffnete schließlich die Küchentür und trat in den Garten. Sofort erfasste die Kälte meinen nackten Körper. Die Nacht empfing mich still, das feuchte Gras schmiegte sich an meine Füße, und meine Haut leuchtete blass im Licht des Mondes. Wieder diese Stimme: *Du musst laufen!*

Ich wollte zurück in mein Bett, aber der Drang zu laufen war zu groß, zu zwingend. Ich nahm einen kurzen Anlauf, sprang über den kleinen Zaun, der unseren Garten von dem sandigen Pfad trennte, und sprintete barfuß in Richtung Wald, wo es plötzlich sommerlich hell wurde. Fassungslos blieb ich stehen. Das Haus war in der Dunkelheit kaum zu erkennen. Nochmals kam der Befehl: *Du musst weiterlaufen.* Ich gehorchte. Der Wald winkte wie eine willige Frau. Die Bäume streckten ihre Äste einladend in meine Richtung, und die Blätter trugen einen goldenen Schimmer. Dort wollte ich hin. Zu dem leuchtenden Wald, der weniger als hundert Meter von mir entfernt war. Aber sosehr ich auch rannte, so groß meine Schritte auch waren, ich kam dem Wald nicht näher. Ich rannte und rannte und rannte. Ich ballte meine Hände zu Fäusten, spannte jeden Muskel in meinen Beinen an, stieß meine Füße hart in den Sand, aber ich kam keinen Schritt näher an den leuchtenden Wald heran. Jedes Mal, wenn meine Füße den Boden trafen, spürte ich nur, wie meine Gelenke den Aufprall dämpften. Und urplötzlich gab mein linkes Knie nach, und ich fiel nach vorne auf den Feldweg.

„Lass mich dir helfen." Ich drehte mich auf den Rücken und sah Moreau. Er war auch nur mit Unterhosen bekleidet. Nackt sah mein Vorgesetzter noch größer und breiter aus als in seinen Blazern. Seine Brust ragte dominant hervor, doch weiter unten hatte die Fetteinlagerung unübersehbar begonnen. Sein Bauch hing über den Gummizug seiner Unterhose. Tiefschwarzes Brusthaar breitete sich über seinen Oberkörper aus, als trüge er eine Häkelweste aus flauschiger Wolle. Moreau beugte sich keuchend vor, die Arme auf seine Hüften gestützt und außer Atem vom Laufen.

„Ich war in der Nähe." Moreau kniete neben mir nieder und zeigte auf das Haus. „Du wohnst übrigens sehr schön für einen Lehrer."

Er lächelte freundlich und zwinkerte mir zu. Mit einer schnellen Bewegung schnappte er sich einen Stein vom Boden und hob seinen Arm ruckartig hoch. Ich schrie, schloss die Augen, versuchte den Kopf wegzudrehen und … spürte dann, wie etwas Weiches auf meinem Gesicht landete. Es waren die aufgeschlagenen Seiten eines Buches. Als ich sie von meinem Kopf riss, sah ich gerade noch, wie die Unterhose im Wald verschwand.

Schnaufend setzte ich mich auf die Bettkante. Malin murmelte etwas Unverständliches, drehte sich um und zog die Bettdecke über ihren Kopf. Ich verließ das Schlafzimmer, trank in der Küche ein Glas Wasser und starrte aus dem Fenster. In der Dunkelheit konnte man den Wald nicht sehen, aber irgendwo da draußen wartete der kleine Vogel noch immer auf seinen Tod. Ich hatte ihn verlassen, ohne ihn von seinem Elend zu erlösen, obwohl er mir gezeigt hatte, dass ich Hilfe brauchte, um mich von meinem Burn-out zu erholen.

Ich schaltete das Licht der Abzugshaube ein und sah mein Spiegelbild im Fenster: einen kleinen, zierlichen Mann. Unsere Augen suchten einander, und als sie Kontakt aufnahmen, brach der Mann mir gegenüber zusammen. Er führte seine Hände zum Mund, und sein Körper zitterte von unterdrücktem Weinen. Plötzlich richtete er sich auf: „Mein Name ist Jules Lefèvre, und ich bin so unsagbar müde."

Ich ging ins Wohnzimmer, nahm das Buch von Moreau aus dem Schrank, setzte mich an den Esstisch und schlug es auf. Auf der ersten Seite las ich das Motto: *Nimm nicht alles so ernst, es geht nur um dein Leben ...*

MAISON ARTEMIS

Zwei Tage vor ihrem Tod saß Malin am Esstisch. Fast drei Stunden lang starrte sie zusammengekauert auf den Computermonitor, schien nach etwas zu suchen, doch dann lehnte sie sich urplötzlich gegen die Rückenlehne und seufzte: „Das darf doch nicht wahr sein!" Ihre Hände sanken hart auf die Tischplatte.

„Was ist los?", fragte ich.

Noch ein Seufzer. „Die Welt ist so traurig. Erinnerst du dich, als ich dir von meinem Großonkel David erzählt habe?" Malin wartete nicht, bis ich antwortete. „David hatte ein wunderschönes Haus direkt am Strand. Vor etwa sechs Jahren habe ich dir doch davon berichtet, dass direkt neben dem Haus eine moderne Ferienanlage gebaut wurde. Erinnerst du dich? Ich fand das so schade, weil das Haus mit einem Mal mit der bewohnten Welt verbunden wurde. Der Reiz des Hauses lag gerade darin, dass es in der unberührten Natur stand. Mein Onkel verstarb vor fünf Jahren, und seitdem steht es zum Verkauf, aber niemand will es haben. Nur wegen dieser idiotischen Ferienanlage. Die Gier hat das Haus zerstört, so wie Geld alles zerstört. Das Haus wurde von Stadträten geopfert, die sich mit einem sinnlosen Projekt profilieren wollten und auf hohe Einnahmen hofften. Seitdem verfällt das Haus, weil die Instandhaltung nicht mehr finanzierbar ist."

Sie zeigte auf den Bildschirm. „Dreimal darfst du raten, was ich gerade gelesen habe."

„Das Haus wurde verkauft?"

„Schön wär's!" Sie zeigte wieder auf den Bildschirm. „Der beschissene Ferienpark ist bankrott. Der Stecker wurde sofort gezogen. Es wird keine Übernahme oder einen Käufer geben. Die Häuser stehen leer, die Stadträte lassen sie verrotten, nur ganz selten verirrt sich noch ein Urlauber dorthin. Ich finde das so traurig. Muss denn alles zugrunde gehen?" Sie klappte den Laptop zu und verließ das Wohnzimmer.

„Willkommen in der Ferienanlage *La Capriceuse*! Hatten Sie eine gute Anreise?" Die Frau, die vor dem Empfangsgebäude auf mich wartete, trug einen makellosen weißen Anzug und hatte ihr blondes Haar zu zwei Dutts am Hinterkopf hochgesteckt. Ihr Gesicht war weich und symmetrisch, ihre Augen ungewöhnlich groß, sie standen in keinem Verhältnis zum restlichen Gesicht. Das rote Namensschild auf ihrer Brust hob sich so heftig von dem weißen Kostüm ab, dass es unmöglich war, es nicht zu lesen. *Ophelia Simone.*

Wer in aller Welt nannte sein Kind heute Ophelia?

„Es ist ziemlich windig, besonders auf der Küstenstraße", antwortete ich.

Ophelia nickte zustimmend. Es hatte fast etwas Devotes. „Es sind in der Tat verrückte Zeiten", sagte sie. „Ich merke es an meinen Kindern. Seit Tagen wirbeln sie durch das Haus wie Herbstlaub im Windkanal. Sie lassen sich einfach nicht bändigen." Sie rieb sich einen Moment lang den linken Oberarm, als wäre ihr beim Erwähnen der Wetterlage kalt geworden. „Haben Sie Kinder?"

Noch bevor ich antworten konnte, blickte sie auf die Unterlagen in ihren Händen. „Ah, hier steht es. Sie sind zu dritt?"

Ich nickte, aber als Ophelia auf dem Parkplatz mein leeres Auto sah, sagte ich schnell: „Meine Frau und meine Tochter kommen später nach."

„Dann ist Ihr Kind noch keine vier Jahre, sonst müsste es ja die Schule besuchen." Sie lächelte triumphierend, als hätte sie soeben eine Quizfrage richtig beantwortet.

Mein Blick fiel auf ihre Armbanduhr. In diesem Moment wurde der Sarg mit meiner Frau in das Grab gesenkt, und alle Anwesenden warfen zu den Klängen des Ave Maria eine Rose auf den Sarg.

Das Loch, in dem Lilou vor ein paar Monaten versenkt worden war, war viel zu groß für ihren kleinen Sarg gewesen. Das Grab machte überdeutlich, dass Eltern ihr Kind nicht auf die andere

Seite begleiten sollten. Malin und ich standen dicht nebeneinander, und als sich der kleine Sarg langsam hinabsenkte, legte ich meinen Arm um meine Frau. Malin befreite sich aber mit einem kurzen Schritt aus meiner Umarmung. „Nicht", flüsterte sie nicht gerade freundlich. „Mir wäre es lieber, du würdest mich nicht anfassen."

„Sie haben heute Glück", sagte Ophelia. „Denn ich darf Ihrer Familie ein Last-Minute-Angebot machen?"

„Ein Angebot?" Ich hob die Augenbrauen.

„Die Anlage ist nicht ausgebucht. Davon könnten Sie profitieren."

Wieder konzentrierte ich mich auf ihre Armbanduhr. In zehn Minuten standen Kaffee und Kuchen in der Rosengaststätte in Plumetot bereit. Irgendwann in den verlorenen Minuten zwischen dem Werfen der Rosen und dem Trinken des Kaffees würde meine Mutter abermals versuchen, mich anzurufen. Davon war ich überzeugt. Sie würde sich unbemerkt vom Trauerzug entfernen, das Handy aus der Handtasche holen und zum sechsten Mal meine Handynummer wählen.

Ophelia öffnete einen Ordner und zeigte mir das Foto des Hauses, das ich im Internet gebucht hatte. „Sie haben Maison Artemis gebucht, aber Sie sollten wissen, dass das Haus nur noch selten vermietet wird. Die Wartung wurde in letzter Zeit etwas vernachlässigt. Maison Artemis ist … wie soll ich es sagen? Nicht sehr modern, äh … luxuriös. Für fünfzig Euro mehr …" Sie blätterte auf die nächste Seite. „… kann ich Sie in eine Hermes-Suite umbuchen."

„Umbuchen?"

„Typ Hermes ist ein Deluxe-Appartement. Es hat einen praktischen Gasherd und eine Sauna. Und für nur fünfundsiebzig Euro extra können Sie sogar eine Woche in einem Appartement Typ Pegasus wohnen. Sieht aus wie das Hermes, aber …" Sie blätterte zwei Seiten weiter.

„Ich brauche keinen Luxus", erwiderte ich barsch. „Ich hätte gerne den Schlüssel zu meinem Appartement."

Ophelia nickte. „Eine ausgezeichnete Wahl. Maison Artemis liegt direkt am Strand." Sie reichte mir einen Schlüsselbund. „Ich wünsche Ihnen und Ihrer Familie einen angenehmen Aufenthalt in *La Capriceuse*. Wenn Sie Fragen haben, sind wir Tag und Nacht für Sie da."

„Sie haben nicht nach meinem Namen gefragt. Woher wissen Sie denn, wer ich bin?"

Sie lächelte kurz. „Für heute sind Sie der einzige neue Gast in unserer Ferienanlage, Monsieur Lefèvre."

Ich stieg in meinen Wagen und fuhr auf das große Tor zu. Ich hatte mich bewusst für Maison Artemis entschieden. Schließlich war Artemis die griechische Göttin der Jagd. Und ich war ein Jäger und keine Beute.

Andere liefen vor ihrer Schuld davon und ignorierten ihr Gewissen, bis nichts mehr davon übrig war. Ich aber lief meiner Schuld entgegen. Ich nährte mich von ihr. Ich brauchte sie.

Schuld war der Motor der Vergeltung.

DUALITÄT

Nimm nicht alles so ernst, es geht nur um dein Leben ...
Das Thema musste sich jemand ausgedacht haben, der nicht vom Alltag erdrückt oder vom Gedanken an seine Arbeit angewidert wurde, jemand, der es sich leisten konnte, entspannt zu sein.

Sofort hatte ich kein Interesse mehr an dem Buch. Ich schob es wieder ins Bücherregal und beschloss, es nicht mehr zu berühren.

Dann löschte ich alle Lichter im Haus, ging zurück in die Küche, trank ein Glas Milch und versuchte, einen klaren Kopf zu bekommen, damit ich wieder ins Bett gehen konnte. Aber jedes Mal sah ich diesen breiten Rücken vor mir, der wie eine Wand zwischen mir und Malin gestanden hatte, und das Gefühl, dass der Rektor mich mit seinem Geschenk leise auslachen wollte, ließ mich nicht mehr los. Die ganze Nacht über saß ich am Küchentisch und grübelte.

Malin fand meinen Gedanken zynisch. „Wenn ich einen Burnout bekäme, würde ich mich über ein solches Geschenk von meinem Boss freuen. Mit dieser Geste zeigt Moreau dir sein Mitgefühl. Er bekundet, dass er dich gut verstehen kann und dass du nicht allein bist", erklärte sie mir beim Frühstück.

Sie setzt sich schon wieder für ihn ein, dachte ich nur. In ihren großen blauen Augen lag aber so viel Überzeugung, dass ich fast anfing, ihr zu glauben.

Angenommen, mein Boss wäre tatsächlich aufrichtig und hätte mir das Buch in der Absicht geschenkt, mir zu helfen, dann wäre es nicht nur ein Geschenk, das von Herzen käme, sondern auch, ob nun bewusst oder unbewusst, eine knallharte Aussage: Nicht das stetig wachsende Aufgabenspektrum, der stockende IKT, aufdringliche Eltern, leptosome Schüler oder das Management waren das Problem, das angegangen werden müsste, sondern ich musste mich ändern, denn ich war das Problem.

Moreau überbrachte mir ohne Zweifel diese Botschaft. Bei *Mindfulness* oder *Achtsamkeit* ging es nicht darum, die Welt um einen herum zu verändern, sondern darum, dass sich der Einzelne ihr anpasste. Offensichtlich konnte sich Malin mit dieser Botschaft identifizieren.

Ich traute Paul nicht. Meine Erfahrung hatte mir stets gezeigt, dass jede Geschichte zwei Seiten hat, wie auch jeder Mensch zwei Seiten besitzt. Eine, die wir der Welt zeigen, und eine, die wir in unserem Inneren verbergen. Eine Dualität – die eine Seite beherrscht von Licht, die andere von Dunkelheit.

In den darauffolgenden Tagen saß ich am Fenster wie ein gelangweilter alter Mann. Ich starrte stundenlang nach draußen und verließ den Sessel nur, um mit Lilou zu spielen, zu essen oder um ins Bett zu gehen. Ich rasierte mich nicht mehr, duschte kaum noch und hatte keinen Appetit. Ich aß nicht mehr als nötig und saß schweigend am Esstisch, während Lilou und Malin sich ausgiebig unterhielten. Ich schaute nicht fern, löste keine Sudokus oder andere Rätsel und interessierte mich nicht für Bücher. Wenn ich überhaupt etwas las, schlief ich innerhalb von zehn Minuten ein, nur um fünfzehn Minuten später völlig erschöpft wieder aufzuwachen. Dann war ich so fertig, dass ich mich einfach nur noch ans Fenster setzen wollte.

Eines Morgens sagte Malin: „Wie seltsam, dass deine Eltern dich nicht besuchen. Du hängst doch schon seit zwei Wochen zu Hause herum."

Ich antwortete nicht.

„Findest du das etwa nicht seltsam?", fragte sie.

Ich zuckte mit den Schultern. Schwieg.

Malin stellte sich mit verschränkten Armen direkt vor mich. „Du hast es ihnen doch gesagt?"

Ich schüttelte den Kopf.

Sie stemmte die Hände in die Seiten. „Das kannst du wirklich nicht machen, Jules. Das ist nicht deine Privatsache. Deine Eltern sollten auch von dem Burn-out erfahren."

„Vielleicht", sagte ich leise.

„Angenommen, mit Lilou wäre etwas nicht in Ordnung, dann würdest du es doch auch sofort wissen wollen, oder?"

Ich nickte. Es war ein unwiderlegbares Argument. „Ich rufe sie später an. Versprochen."

Noch am selben Tag standen sie vor der Tür. Mein Vater war sichtlich erschrocken, als er mir die Hand gab. Schnell wandte er sich an Lilou, die bereits mit ihrer Friseurausstattung auf ihn wartete.

„Opa, du brauchst eine neue Frisur!", jubelte sie.

Meine Mutter küsste mich auf die Wange. „Lässt du dir einen Bart wachsen?"

Sie führte ihre Hand zu meinen Bartstoppeln, aber ich wehrte sie ab. „Nicht anfassen", murmelte ich.

„Er hat keine Lust, sich zu rasieren", rief Malin aus der Küche, „schon lange nicht mehr. Eigentlich hat er zu gar nichts mehr Lust." Sie lachte.

„Aha", sagte meine Mutter. Sie musterte mich aufmerksam. „Du hast abgenommen."

Malin betrat den Raum mit einem Tablett Kaffeetassen und einem Becher Limonade. „Der Burn-out hat sogar Jules' Appetit verscheucht", plapperte sie. „Kommt aber bestimmt bald wieder."

Meine Mutter machte eine abweisende Geste. „Heutzutage hat ja jeder einen Burn-out. Früher gab's das gar nicht. Da war niemand ausgebrannt, weil wir einfach weitergearbeitet haben."

„Ich wusste gar nicht, dass du mal einen Job gehabt hast", konnte Malin sich nicht verkneifen. Eine unangenehme Stille trat ein. Meine Eltern tauschten einen Blick aus. Malin und ich ebenfalls.

„Apropos Job. Wieso bist du eigentlich zu dieser Zeit hier, Malin!?" Die Frage meiner Mutter kam wie ein Pfeil herausgeschossen. „Arbeitest du nicht jeden Dienstag?"

Wieder herrschte Stille. Erst jetzt wurde mir bewusst, dass meine Frau jeden Tag zu Hause gewesen war, seit ich die Schule verlassen hatte.

Malin sah mich an. „Ich habe natürlich Urlaub genommen."

„Warum?", fragte ich erstaunt.

„Dann musst du dir keine Sorgen um Lilou machen." Meine Tochter sah von ihrem Getränk auf und streckte mir neckisch die Zunge entgegen.

„Ich habe es nicht mit dir besprochen, du hast schon genug um die Ohren. Außerdem gehe ich Dienstagabend nicht mehr in die Sauna, und auch das Training am Donnerstag habe ich für eine Weile eingestellt." Malin versuchte zu lächeln. „Ich wollte dir helfen."

„Das war nicht nötig. Ich kann problemlos einen Nachmittag oder Abend allein mit Lilou verbringen. Ich bin kein Pflegefall, sondern nur erschöpft", brummte ich. „Du musst schließlich auch an dich denken, und das kannst du nur, wenn du ab und zu aus meinem Elend ausbrichst."

„Mag sein", antwortete meine Frau, „aber im Moment bin ich für dich da, zu Hause, jetzt, wo du nicht mehr so … äh … stark bist. Wenn es für mich jemals schwierig werden wird, hoffe ich, dass du auch für mich da sein wirst. So sollte es in einer Ehe sein."

Vermutlich erwartete Malin Beifall oder Zustimmung, aber nicht nur meine Mutter blieb stumm.

„Ich musste dem Burn-out etwas entgegensetzen", fuhr meine Frau fort. „Dieses Nach-draußen-Starren tut niemandem gut. Du musst aber auch selbst an dir arbeiten, Jules." Sie nahm den Limonadenbecher vom Tisch.

Sie muss dem Burn-out etwas entgegensetzen? Hm … In Gedanken stimmte ich ihr zu. Ich hatte meine Grenzen überschritten. Doch niemand schien es wirklich zu verstehen. Für Malin war ich ein Mann in einer Krise, der den ganzen Tag aus dem Fenster starrt. Meine wahren Bedürfnisse blieben nach wie vor unbemerkt.

Malin ging auf Lilou zu, setzte sich auf die Knie und hielt ihr den Strohhalm hin. Mein Mädchen trank, während sie meinen Vater aufmerksam mit einer in Wasser getauchten Bürste kämmte. Ein Tropfen kullerte ihm von der Stirn.

Als wir uns zwei Stunden später voneinander verabschiedeten und außer Reichweite von Malin standen, fragte meine Mutter:

„Ist es charakteristisch für einen Burn-out, sich selbst zu vernachlässigen?"

Urplötzlich begriff ich, dass zwar jeder von uns zu Gutem und zu Bösem fähig ist, doch jene, denen es gelingt, die moralische Grenze zu verwischen, verfügen über die wahre Macht.

Ich zuckte mit den Schultern. „Ich werde mich heute Abend rasieren."

IRRGARTEN

Das Tor stand weit offen. Keine Schranke hielt mich auf. Aus Rücksicht auf Ophelia fuhr ich langsam, obwohl sie nicht mehr vor dem Empfangsgebäude stand. Das Licht an der Rezeption war ebenfalls schon gelöscht, und auf dem Schild hinter der Glasscheibe stand „*Geschlossen*" wie auf einem rot-weißen Warnschild.

Der Grundriss der Anlage, den ich mir Anfang der Woche heruntergeladen und ausgedruckt hatte, war wahrscheinlich auch von jemandem erstellt worden, der es mit der Realität nicht so genau nahm. Die Hauptstraße, die laut Karte die Anlage mit einer Diagonale in zwei Teile teilte, war kurvenreich und hatte viel mehr Abzweigungen als auf der Karte angegeben, sodass ich verwirrt war und zu früh abbog.

Ich kehrte nicht um, überzeugt davon, dass die Abzweigung, die ich genommen hatte, mich schließlich zurück zur Hauptstraße führen würde, doch schon bald fand ich mich in einem Labyrinth aus schmalen Pfaden mit allerlei Abzweigungen wieder, die mich schließlich über eine mäandernde Schleife auf den Weg zurückführten, den ich gerade verlassen hatte. Innerhalb weniger Minuten verlor ich völlig die Orientierung. Mit der Karte auf dem Schoß versuchte ich die Kurven zu rekonstruieren, die ich genommen hatte. Jedes Mal, wenn ich nach vorne schauen musste, um nicht in einen der Gärten zu fahren, verlor ich den Überblick.

Genervt parkte ich nach zehn Minuten mein Auto vor der Einfahrt eines Ferienhauses, stieg aus und ging zum Anfang des Weges zurück, um das Straßenschild zu lesen, konnte aber keines finden. Das verwirrte mich noch mehr. Die Straßen waren ein verworrenes Netz aus ineinander verschlungenen Kreisen, und irgendwo in diesem Netz stand ich. Aber wo? Ich ging weiter zu einem anderen Weg, aber auch dort gab es keinen Hinweis auf einen Straßennamen.

Der Wind wurde stärker, und es begann zu regnen. Ich schaute auf meine Uhr. Die Trauerfeier in der Gaststätte hatte längst begonnen. Wie würde das Grab meiner Frau wohl aussehen? Hatten sie das Loch gleich nach der Zeremonie zugeschüttet, um zu verhindern, dass es mit Wasser vollaufen würde? Ich wünschte ihr die Sicherheit einer dicken Erdschicht, einen Verbleib in vollkommener Einsamkeit.

Auf der Karte gab es nichts, woran ich mich orientieren konnte. Kein Logo der Anlage, keinen Pfeil, der in eine Richtung zeigte, selbst die Namen der Wege waren nicht chronologisch gesetzt. Auch der Standort der Rezeption brachte mir nichts, weil ich sie nicht mehr finden konnte.

Seufzend steckte ich die Karte in meine Manteltasche und schlenderte zu meinem Auto zurück. *Mein Polizist* hatte sich kein einziges Mal verirrt, und zu keinem Zeitpunkt hätte er gezögert. Sam wusste, was zu tun war. Vielleicht lag es nur an mir, vielleicht hätte ich erst ein paar Wochen warten sollen, bis mein schlimmster Kummer und meine ärgste Wut aus meinem Körper gesickert waren. Doch dafür war es jetzt zu spät.

Ich klingelte an der Tür des Bungalows, vor dem ich geparkt hatte. Ich war mir sicher, dass die Gäste, die hier übernachteten, den Namen der Straße kannten. Aber niemand öffnete die Tür. Wieder klingelte ich, und wenig später klopfte ich laut ans Fenster, aber mein Ruf blieb unbeantwortet. Ich ging durch den Vorgarten zum Bungalow nebenan, aber auch hier antwortete niemand. Ich lief weiter auf die Straße und bemerkte erst da, dass nirgendwo ein Auto geparkt stand. Alle Häuser waren leer, keine Menschenseele war zu sehen.

Da fiel mir wieder ein, dass Ophelia gesagt hatte, dass ich der einzige Gast sei.

Auf gut Glück fuhr ich wieder los, bis ich plötzlich doch zu Maison Artemis kam, das am hinteren Ende des Grundstücks versteckt hinter vier Bäumen lag.

Es war eine große alte Villa und hatte keine Ähnlichkeit mit den modernen Bungalows in dem Labyrinth. Dieses Haus mutete ein wenig schwedisch an, hatte drei Stockwerke und war aus Holz gebaut. Die salzige Luft und der Sand, den der Wind an die Wände geworfen hatte, hatte offensichtlich die Farbe beschädigt. Die überdachte Veranda auf der rechten Seite des Hauses sah auch ziemlich baufällig aus, aber sie bot immerhin einen atemberaubenden Blick auf den rauschenden Atlantik. Vom Parkplatz vor dem Haus sah man auf eine mit Strandgras gesäumte Mulde.

Ein Blick auf meine Armbanduhr sagte mir, dass die Trauergäste seit einer halben Stunde in der Gaststätte saßen. Es würde nicht mehr lange dauern, bis die ersten sich verabschiedeten. Später würden sich die Freunde auf die Wangen küssen, sich sanft die Oberarme drücken und darüber sprechen, wie traurig dieser Tag gewesen sei, seufzend den Kopf schütteln, um die unbegreifliche Tragik von Malins Tod zu betonen. Doch je mehr sich verabschieden würden, desto lauter und lebhafter würden die Gespräche werden, und bald würden sie Bilder von Kindern und Enkelkindern über die Tische schieben. Ich kannte meine Familie und die von Malin.

Niemand würde ein Wort darüber verlieren, dass jeder Mensch seine Geheimnisse besaß. Denn der Tod löschte sie alle aus. Doch die Geheimnisse meiner Frau erwiesen sich noch immer als mächtig genug, alles zu zerstören. Erst jetzt begann ich es zu verstehen.

Zweifellos war Moreau ebenfalls bei der Beerdigung anwesend – als Vertreter der Mixted Public École. Er würde keine Scham empfinden. Er hatte einen Grund, dort zu sein. Ich malte mir aus, wie mein Boss auf der Beerdigung die Gesichter aller Anwesenden in der Kirche streifte, vergeblich auf der Suche nach meinem.

Wenn ich an den Scheißkerl dachte, dachte ich sofort an Nötigung, an die dunklen Risse in mir. Sie konnte sich stets nur auf zwei Arten auf ein Paar auswirken: Entweder stärkte sie die Verbindung zweier Menschen, oder sie riss sie auseinander. Nötigung war für mich stets die Ausübung von Gewalt, Zwang oder psychischem Druck, die einen Menschen dazu brachte, eine Straftat zu begehen. Setzte man einen psychisch Instabilen wie mich einem solchen Druck aus, konnten die Folgen unvorhersehbar sein.

Nach dem Kaffee würde er seine Höflichkeitsrunde bei meiner Familie machen und dann in seine Schule zurückkehren. Ich sah, wie meine Schwiegermutter Moreaus Hand schüttelte und ihm dankbar für sein Beileid zunickte. Ob sie wusste, wer dieser Mann war? Ob sie ahnte, dass er beim Tod meiner Frau und meines Kindes seine Hände im Spiel gehabt hatte?

Malin und Lilou waren tot. So lautete der kleinste gemeinsamste Nenner in meinem Kopf. Aber es blieb noch eine Rechnung offen mit den Moreaus, um ein exaktes und eindeutiges Ergebnis zu erzielen.

Ich stieg aus und ging zur Eingangstür von Maison Artemis. Der Wind blies mir den Sand ins Gesicht, und mein offener Mantel wehte gegen meinen Körper. Ich bückte mich ein wenig, drehte den Kopf vom Wind weg und brachte den Schlüssel an das Schloss, aber es gelang mir nicht, ihn hineinzustecken.

Während der Sand an meinem Hinterkopf und in meinem Nacken kratzte, versuchte ich es mit dem zweiten Schlüssel, aber auch dieser passte nicht zur Haustür. Ich umfasste den Türknauf und drückte gegen die Eingangstür. Sie ließ sich nicht öffnen. Ich stieß noch ein paarmal gegen die Tür und zog an der Verriegelung. Nichts. Nur mein Spiegelbild zitterte im Glas. Dann schlenderte ich zur Rückseite des Hauses und suchte nach der Hintertür.

Der Wind hatte den Sand bis kurz vor die Veranda getragen und im Garten kleine Hügel gebildet. Das Gras wogte in alle Richtungen, und die Steine der gepflasterten Veranda waren grün angelaufen. Die Pflege sei in letzter Zeit vernachlässigt worden, hatte Ophelia gesagt. Das war noch milde ausgedrückt. Maison Artemis war im Verfall begriffen. Ein vergessenes Haus. Einer der Fensterläden im Dachgeschoss klapperte im Wind, und der Pfosten der Hintertür war teilweise verrottet.

Wieder passte der Schlüssel nicht. Ich ging ein paar Schritte zurück und nahm das Haus noch einmal in Augenschein. Ich wog den Schlüsselbund in meiner linken Hand. Was sollte ich tun? Mein Telefon lag in Scherben irgendwo zwischen den Felsbrocken unter der Brücke, und die Rezeption war ohnehin nicht mehr besetzt. Das rote Schild an der Tür war eindeutig. Es war das richtige Haus.

Ich könnte zurück zum Eingang des Parks fahren, aber beim Gedanken an die mühsame Suche nach diesem Haus traf ich eine andere Entscheidung. Ich drehte mich zum Garten und sah auf die krummen Pfosten, die einst einen Zaun um das Gelände gebildet hatten.

Mein Verstand war die stärkste Waffe, die ich gegen jemanden einsetzen konnte. Indem ich mir die Zweifel und Unsicherheiten zunutze machte, die bereits in demjenigen lauerten.

Und genau das hatte ich vor.

ES WAR SCHÖN, DICH ZU SE-HEN

„Hast du doch mit dem Buch angefangen?"

Malin lehnte sich gegen den Türrahmen. Sie trug einen kurzen Kimono, der ihr lediglich bis zur Hälfte der Oberschenkel reichte. Die glänzende Seide war oben nur flüchtig geschlossen und enthüllte ihre Brüste. Der zu straff angezogene Gürtel brachte ihre schmale Taille und ihre runden Hüften deutlich zur Geltung. Sie lächelte kurz, zwinkerte mir zu und kam auf mich zu, eine Bewegung, die alles in mir erwachen ließ.

Als sie neben mir stand, tippte sie mit dem Zeigefinger auf die aufgeschlagene Seite des Buchs. „Mutig von dir", sagte sie. Voller Stolz. Bewunderung.

„Zweite Lesung", sagte ich. „Letzte Nacht konnte ich wieder nicht schlafen. Um drei Uhr ging ich nach unten, um ein Glas Wasser zu trinken, und dann dämmerte es mir. Da war plötzlich das Bedürfnis nach diesem Buch. So habe ich angefangen, es zu lesen."

„Warum jetzt?"

„Gestern hat mich der Betriebsarzt angerufen, um sich nach mir zu erkundigen. Ich habe ihm von dem Buch erzählt, und er meinte, dass es mir beim Genesungsprozess helfen könnte. Und am Vormittag traf ich Clement Dubois im Ort. Vor zwei Jahren hatte auch er einen Burn-out und ging zum Yoga. Es war derselbe Trainer, den Moreau hat. Der Ausbilder hat auch Clement dieses Buch empfohlen. Nun, Clement hat sich intensiv damit befasst und war schon bald wieder in der Schule. Und er ist tatsächlich ein ganz anderer Lehrer geworden. Achtsamkeit sei ein Spiegel für unsere Persönlichkeit, sagte er mir gestern, und dass ich, wenn ich etwas ändern wolle, auf mich selbst schauen müsse. Clement meint, ich sollte Moreau für das Buch dankbar sein."

Malin lächelte süßlich. „Wunderbar. Solange du meine Unterstützung brauchst, werde ich für dich da sein."

„Heute Morgen um sechs Uhr hatte ich das Buch beendet und begann sofort wieder von vorne. Aber dieses Mal konzentrierter." Ich hielt ihr einen Textmarker hin und zeichnete eine Linie in die Luft.

„Nur zu!" Meine Frau krabbelte auf meinen Schoß, nahm das Buch in die Hand und blätterte ein wenig darin herum. „Was ist deine vorläufige Schlussfolgerung?"

Malin roch nach Schlaf, und ihr Körper trug noch die Wärme eines bequemen Bettes an sich. Ihr Haar, das sie zu einer unordentlichen Kreuzung aus Pferdeschwanz und Dutt hochgesteckt hatte, kribbelte in meinem Gesicht. Ich nahm das Buch aus ihrer Hand.

„Ich denke, dass es eine Veränderung einleiten kann. Es verspricht, dass es mich erleuchten wird. Hör zu …" Ich blätterte zurück zum Anfang des zweiten Kapitels. „Ein tibetischer Mönch wurde einmal von einem westlichen Journalisten gefragt, warum er so entspannt im Leben sei. Der Mönch antwortete …" Ich hob den Finger in die Luft und vergewisserte mich, dass Malin mir aufmerksam zuhörte. ‚,Wenn ich mich hinsetze, dann setze ich mich hin; wenn ich wieder aufstehe, dann stehe ich auf.' Der Journalist verstand die Bemerkung nicht und bat um eine Erklärung, woraufhin der Mönch sagte: ‚Wenn Sie sich hinsetzen, denken Sie darüber nach, wann und warum Sie aufstehen werden, und wenn Sie aufstehen, denken Sie darüber nach, wo Sie später sein werden. Westliche Leute erleben nie den Moment selbst, weil sie immer mit der Vergangenheit oder der Zukunft beschäftigt sind. Das macht die Gegenwart bedeutungslos und damit stressig.' Die zweite Grundregel der Achtsamkeit lautet daher: Erlebe den Moment mit einer offenen Haltung und selbstverständlich mit Sanftmut."

Malin gähnte tief. „Eine schöne Aussage."

„Sanftmütigkeit ist die erste Lektion und bedeutet …"

„Menschen und Situationen ohne vorgefasstes Urteil zu begegnen", fügte Malin hinzu. „Ich habe das erste Kapitel gelesen, nachdem du das Buch bekommen hast."

Sie lehnte ihren Kopf an meinen und gähnte wieder. Das Gespräch verstummte. Ein paar Minuten lang saßen wir so da. Miteinander, gegeneinander. Ich starrte durch das Fenster und sah ein Reh am Waldrand stehen, ein großes Tier mit einem kleinen Geweih. Einen Moment lang schaute es in unsere Richtung, dann graste es weiter. Ich erwähnte es mit keinem Wort. Ich wollte nicht, dass sie ihre Stimme erhob, weil ich versuchte, den Moment einzufangen und frei von Gedanken zu sein. Malins Duft ließ mich nach dem Bett verlangen. Ich spürte, wie sich ihr warmer Körper gegen meine Brust drückte, und ihr Herzschlag pochte gegen meine Haut, an der Stelle, wo sich unsere Köpfe berührten. Schlugen unsere Herzen im gleichen Rhythmus?

Plötzlich setzte sich Malin wieder aufrecht hin. „Hast du bemerkt, dass Moreau eine Widmung ins Buch geschrieben hat?"

„Für mich?"

„Für wen denn sonst?" Malin schnappte sich das Buch vom Tisch und schlug es auf.

„Ich habe nicht einmal die Einleitung gelesen. Zeig mal!" Ich nahm meiner Frau das Buch ab. Sie hatte recht. In seiner kursiven Handschrift hatte Moreau geschrieben: *Es war schön, dich zu sehen. Ich hoffe, wir treffen uns bald wieder.*

Der Gedanke war in dem Bruchteil einer Sekunde da. *Es war schön, dich zu sehen!* Schrieb man einen solchen Satz in der Regel nicht *nach* einer Begegnung? Gewiss nicht, wenn die Begegnung noch gar nicht stattgefunden hatte. Bezog sich Moreaus Satz auf seinen gestrigen Besuch? Waren diese Worte wirklich für mich bestimmt?

Ich holte tief Luft: „Warum steht da: *Es war schön, dich zu sehen?* Das schreibt man nur, nachdem man sich getroffen hat."

Ein Stirnrunzeln erschien zwischen ihren Augen. Sie studierte die Handschrift, dachte einen Moment lang nach und antwortete: „Nicht unbedingt. Wahrscheinlich schätzte Moreau, dass du diese Worte erst lesen würdest, nachdem er wieder gegangen war." Während sie sprach, drehte sie das Buch in ihren Händen um. „Was könnte er sonst damit meinen?"

„Das wollte ich dich auch gerade fragen. Keine Ahnung. Ich dachte, es sei ein seltsamer Satz. Das ist alles."

Malin blätterte im Buch bis zu einer Stelle im ersten Kapitel. „Wir haben sehr wenig Kontrolle über unsere Gedanken", las sie laut vor. „Sie sind da, ob uns das gefällt oder nicht. Die Kunst besteht darin, die Gedanken herauszufiltern, mit denen wir verfahren wollen. Darin liegt ihr Beitrag. Es ist wie beim Schach- oder Kartenspiel. Es sind verschiedene Richtungen möglich. Einige sind von vornherein sinnlos, andere bergen Risiken, und wieder andere sind offensichtlich. Wie auch immer, Sie sind am Zug."

Beim letzten Satz schlug Malin das Buch zu und hielt es mir vor die Nase. „*Du* bist am Zug!"

Gedanken konnten tückisch sein. Manchmal waren sie ins Hirn gemeißelt und manchmal aus süßen Erinnerungen geformt, doch ich wühlte bereits zu lange in meinen dunklen Tiefen, und wer wusste schon, welche Ungeheuer ich gerade aufweckte.

„War Moreau gestern hier, als ich einkaufen war?"

„Moreau? Hattest du ihn erwartet?"

„Ich sah ihn durch den Ort rasen, als ich mit Clement sprach", sagte ich misstrauisch.

„Er war nicht hier." Malin rutschte von meinem Schoß und verließ die Küche: „Ich schau mal nach, ob Lilou schon wach ist."

FLUCHTARTIG

In derselben Woche begann ich mit der ersten Übung des Buches, die mich lehren würde, Beobachtungen zu machen, ohne über sie zu urteilen und ohne sie zu interpretieren. Meinungen und Interpretationen hielten Menschen von unmittelbarem Erleben ab. Ohne Urteil war eine Beobachtung intensiver, und die Sinne erfuhren mehr Farbe, Geschmack, Geruch, Klang und Berührung. Es war wunderbar formuliert, und der Gedanke war überraschend einfach. Ich hätte selbst darauf kommen können.

Wahrheit war in meinen Augen ein Schlachtfeld voller Wahrnehmungen. Einige siegten über andere, aber das hieß nicht, dass sie im Recht waren.

Außerdem sah ich nur das, was ich zu ertragen bereit war. Entscheidend war gar nicht, was ich betrachtete, sondern lediglich, was ich *sah*.

Ich lehrte Immanuel Kant und wusste, dass, wenn unterschiedliche Wahrnehmungen gegeneinander kämpften, nicht die Wahrheit siegte, sondern nur die stärksten und grellsten Eindrücke.

Überall krochen die Monster aus ihren Löchern. Wie bei dem Teppich unter meinen Füßen. Ich betrachtete das ausgelegte Stück: eine Apokalypse des Bösen direkt unter meinen Füßen. Als ganz hübsch empfand Malin den Teppich, aber seit meinem Burn-out fürchtete ich mich vor dem Bösen in ihm: ein tiefblauer Grundton, in den anscheinend eine surrealistische Dschungelszene eingewebt war, mit Schlingpflanzen und Ranken und Bäumen, in denen Raubvögel mit toten Augen zu erkennen waren. Die Raubvögel waren in schattiertem Schwarz gehalten und warfen furchterregende Schatten, die nachts in mein Hirn eindrangen.

„Ich glaube nicht, dass diese kleinen bunten Vögel dir etwas antun können, Jules", hatte Malin eines Tages geantwortet, als ich sie auf den Teppich ansprach.

Ich korrigierte sie nicht, dass es Raubvögel waren, noch stieß ich einen kreischenden Schrei aus. Was hätte das auch für einen Sinn gehabt? Malin und Lilou konnten es einfach nicht sehen, ich nahm es ja selbst erst seit einigen Wochen wahr.

Ich verlor kein Wort mehr über den Teppich. Malin und Lilou liebten ihn, das war ihre Realität. Meine Realität sah anders aus, aber vielleicht waren das ja auch nur Bilder in meinem Kopf. Einige machten mir Angst, obwohl sie mir nichts tun konnten. Sie konnten mir nichts tun.

Ich musste diesen Teppich loswerden.

Ich legte eine CD von Miles Davis auf – Moreaus Buch lag bereits aufgeschlagen auf der Lehne des Sessels am Fenster – und schüttete in der Küche eine Packung Rosinen in eine Schüssel.

„Ich auch?", fragte Lilou, als sie die getrockneten Rosinen entdeckte. Sie eilte zum Beistelltisch, aber kurz bevor sie nach dem Tablett griff, schnappte ich es ihr weg. Durch diese Gemeinheit fielen ein paar Rosinen aus dem Schälchen. Lilou bückte sich und hob mit dem gleichen Schwung die kleinen Früchte auf, steckte sie in den Mund und spuckte sie sofort wieder aus, weil offenbar Staub vom Boden daran klebte. Während sie sich mit einer Hand den Staub aus dem Mund zupfte, hob sie die andere in Richtung Schüssel.

„Die gehören Papa", sagte ich streng.

„Was soll das?", mischte sich Malin ein. „Gib dem Mädchen auch ein paar."

„Die sind aber für meine Übung." Ich zeigte auf das aufgeschlagene Buch.

„Brauchst du so viele?"

Es war in der Tat ein ziemlich egoistischer Zug von mir. Ich zuckte mit den Schultern. „Keine Ahnung, wie viele ich brauche. Aber ich möchte unbedingt vermeiden, dass ich die Übung auf halber Strecke unterbrechen muss, um mir neue Rosinen zu holen. Dann ist alle Konzentration umsonst. Wenn Lilou welche möchte, soll sie sich doch selber ein Schälchen vollmachen. Die hier sind für mich."

„Weißt du was", sagte Malin mürrisch, „ich werde mit Lilou nach Lion-sur-Mer fahren. Dann hast du deine Ruhe. Lilou bekommt ihr *eigenes* Schälchen im Auto. Wir werden *dich* nicht mehr stören."

Lion-sur-Mer. Allein der Name dieser Stadt ließ mich schwindelig werden. Dämonen krochen aus der hintersten Hirnwindung hervor. Diese Stadt und die *Mixted Public École* verbanden sich in einem Peiniger: Paul Moreau. Lion-sur-Mer war ohnehin ein Ort, den man meiden sollte, denn dort gab es unwillige Schüler, nörgelnde Erziehungsberechtigte, fordernde Eltern und hinterhältige Kollegen, die einen wie einen Stein fallen ließen, sobald sie Gelegenheit dazu bekämen.

„Wegen mir musst du nicht gehen. Ich meine ja nur …"

„Das hatte ich sowieso vor. Jetzt nehme ich halt Lilou mit."

„Was wirst du dort machen?"

„Na was man halt einfach so macht", sagte sie.

„Einfach so was?"

„Besorgungen. Zahnpasta, Shampoo. So etwas in der Art."

„Gut."

„Schön, dann ist es also genehmigt", sagte Malin. Sie hielt unserer Tochter die Hand hin. „Kommst du zu Mami?"

Lilou ging auf Malin zu. Kurz bevor beide den Raum verließen, drehte sich Malin zu mir um. „Während du heute Morgen geduscht hast, hat jemand von der Schule angerufen. Sie wollten wissen, was sie mit deiner Tasche machen sollen? Du hast sie offenbar zurückgelassen, als du das Gebäude fluchtartig verlassen hast. Ich hole sie ab."

Der Mensch verrät sich immer durch Worte. *Fluchtartig.* Meine Frau betrachtete meinen tragischen Abgang also als eine Flucht. Wenn ich meinem Burn-out hätte entfliehen wollen, hätte ich weiter unterrichtet. Ich konfrontierte mich aber selbst mit der Wahrheit, indem ich der Erschöpfung nachgab. So hatte ich es zumindest betrachtet.

Ich setzte mich in den Sessel am Fenster und überflog den ersten Schritt der Übung noch einmal. Wie dort vorgeschrieben, atmete ich fünfmal ein. Ich hielt die Luft einen Moment lang in meiner Brust und atmete dann drei Sekunden lang aus. Ich wiederholte dies mehrere Male, bis ich spürte, wie mein Körper ruhiger wurde.

Ich schloss meine Augen, und sofort wurden Bilder freigesetzt. Ich stand an einem Hang zwischen Weinstöcken, die in geraden Linien zum Tal hin angeordnet waren. Die Sonne brannte ein Loch ins Blau, und die Blätter der Weinreben raschelten in der warmen Brise, die vom Hügel ins Tal rollte. Ich pflückte eine Traube, legte sie auf meine Handfläche und beobachtete, wie die Sonne die Traube innerhalb weniger Sekunden zu einer Rosine schrumpfen ließ. Im nächsten Moment verflüchtigten sich die Bilder und hinterließen Schwärze.

Ich seufzte. Meine Frau fuhr nach Lion-sur-Mer, um meine Tasche zu holen. Warum hatten sie nach nur einer Woche wegen etwas so Unwichtigem wie einer Tasche angerufen?

Ich öffnete meine Augen und las die Aufgabe noch einmal. Bringen Sie Ihren Geist zur Rosine, fühlen, riechen, schmecken und essen Sie sie, ohne zu Dingen abzuschweifen, die Ihnen gerade durch den Kopf gehen.

Es war nicht leicht, sozusagen gedankenlos im Hier und Jetzt zu sein, wenn sich der Augenblick mit Malin so nachdrücklich aufdrängte.

Ich schloss wieder meine Augen, konzentrierte mich auf meine Atmung und wartete, bis ich die Rosine in meiner Hand spürte. Wie etwas Gewichtiges, das von Bedeutung war. Dann rollte ich sie zwischen Daumen und Zeigefinger hin und her.

Ich öffnete meine Augen wieder. Wer hatte meine Frau angerufen? *Jemand aus der Schule.* Malin hätte kaum undeutlicher sein können. Es wäre logisch, wenn Durand, mein unmittelbarer Vorgesetzter, angerufen hätte, aber er war nicht die Art von Person, die einen überarbeiteten Lehrer mit Fragen über eine Tasche voller Hefte, roter Stifte und einem Terminkalender ermüden würde. War es Moreau? Wie viel Einmischung in die Belange seiner Mitarbeiter sollte einem Rektor zugestanden werden? Aber vermutlich hätte Malin seinen Namen genannt.

Ich führte die Rosine an meine Nase und schnupperte den kaum wahrnehmbaren, fruchtigen Duft ein, schob sie in den Mund und biss ein paarmal in schneller Folge zu. Das Innere war so süß wie der Friede, der sich für einen winzigen Moment in mir ausbreitete.

Nur für den Bruchteil einer Sekunde, denn dann dachte ich: *Zweifel ist eine Krankheit.*

Zweifel infizierte den Verstand, ich misstraute den Motiven von anderen und sogar meinen eigenen Wahrnehmungen. Zweifel führte dazu, dass ich alles infrage stellte, was ich jemals über einen anderen Menschen geglaubt habe.

Zweifel verstärkte den düsteren Argwohn gegenüber meinen engsten Vertrauten.

EINE TIEFE WUNDE

Beim ersten Blick durch das eingeschlagene Fenster sah ich, dass der Sand auch ins Innere des Hauses gelangt war und im Wohnzimmer kleine Haufen aufgeworfen hatte. Im linken Teil des Raumes spielte auf dem höchsten Sandhaufen ein Kind in einem weißen Kleid. Unverkennbar, ein Kind in weißer Kleidung, und schon beschleunigte sich mein Herzschlag. Erschrocken zog ich meinen Kopf aus dem Fenster und machte einen Schritt rückwärts. Wie war das Kind dort hingekommen?

Ich sah mich selbst in den verbliebenen Glasscherben des Fensters. Mein Gesicht war erfüllt von Erstaunen. Oder war meine Wahrnehmung getrübt?

Lilou, schoss es mir durch den Kopf, *sie wartet im Haus auf mich.*

Ich zögerte keine Sekunde und schlug mit dem Pfosten die restlichen Glasscherben aus dem Fensterrahmen. Ein großes Stück fiel wie ein Guillotinenschwert vor mir auf den Boden und zersplitterte auf den Steinen. Der ohrenbetäubende Lärm durchbrach die Stille, aber in dieser Trostlosigkeit war ich der Einzige, der es wahrnahm.

Als ich mich durch die enge Öffnung wälzte, bohrte sich ein Stück Glas in meine Handfläche. Ich ignorierte den Schmerz.

„Lilou?", schrie ich heraus. Meine Handfläche wurde heiß, Blut tropfte herunter. „Lilou", rief ich noch einmal, aber auf halbem Weg zum Flur sickerte die Realität in den Raum ein. Abrupt blieb ich stehen.

Im Haus hatten sich keine Haufen aus Sand gebildet, der Wind hatte keine Körnchen ins Haus getragen. Die Möbel im Wohnzimmer waren mit Laken verhüllt, auf dem Esstisch standen zwei einsame weiße Vasen.

Kein Kind.

Keine Lilou.

Keine Sandhaufen.

Ich ließ den Pfosten aus meiner rechten Hand gleiten. Er prallte auf den Holzboden und rollte bis zur holzvertäfelten Wand. Erst da hörte ich den Wind durch das eingeschlagene Fenster rauschen. Mir war kalt, meine Beine waren kraftlos. Langsam brachte ich meine linke Hand an mein Gesicht. Die Handfläche blutete noch immer. Kein Problem. Sam war auf seinem Rachefeldzug ebenfalls verwundet worden. Und es war nie verkehrt, den Göttern ein bisschen Blut zufließen zu lassen, um ihre Gunst zu gewinnen …

Ich sank neben meiner Tochter auf die Knie, legte meine Hände auf ihre Schultern und drehte sanft ihren Körper. Ihr Kopf bewegte sich nicht, es gab keine Spannung in ihrem Nacken.

„Nicht", sagte Malin mit wenig Überzeugung in ihrer Stimme. „Wir müssen sie liegen lassen. Vielleicht stimmt etwas mit ihrem Hals nicht …"

Ich wusste, dass meine Frau recht hatte, aber es war mein Mädchen, das da hilflos auf dem Straßenpflaster lag, und wir waren ihre Eltern. Wir mussten sie vor der Welt beschützen. Ich wollte nicht zusehen, wie das Leben aus ihr herausströmte.

Erst als ich ihren Körper auf die andere Seite gedreht hatte, bewegte sich Lilous Kopf zu mir. Vorsichtig zog ich sie halb auf meinen Schoß. Ich legte meine rechte Hand auf ihren Kopf und bedeckte den Spalt in der Schädeldecke. Offenbar spürte sie diese Berührung, denn ihr Körper zitterte und bebte sofort, als meine Hand ihre Haut berührte. Ihr Kopf bewegte sich jetzt unkontrolliert hin und her, dann fiel er zur Seite, und plötzlich war alles ganz still, so still, dass ich für ein paar Sekunden dachte, dass sie tot sei, dass mein kleines Mädchen, mein Ein und Alles, mich verlassen habe. Ihr Haar fächelte wild um ihr Gesicht.

Gerade als ich ihren Körper fest an mich drückte und kurz davor war, in Tränen auszubrechen, öffnete Lilou ihre Augen. Sie begann in meinen Armen zu zittern und machte pfeifende Atemzüge. Ich umklammerte sie, so fest ich nur konnte, und presste meine rechte Hand noch fester auf den gebrochenen Schädel:

Dieses kleine Gehirn musste an seinem Platz bleiben. Das schien mir das Wichtigste zu sein, ihr Gehirn. Ich sah ihre kleinen Hände, ihre kleinen Finger und ihre dünnen Beine, die regungslos am Boden ihres Körpers baumelten.

„Du musst sie loslassen", sagte Malin unter Tränen. Sie legte mir eine Hand auf die Schulter, zumindest dachte ich das. Neben mir stand ein Sanitäter, und jemand hob meine Tochter von meinem Schoß. Ehe ich mich versah, verschwand sie auf einer Trage in Richtung des Rettungshubschraubers. Meine Frau lief ihr hinterher, ich hockte noch immer auf den Knien in einer Blutlache.

Meine rechte Hand glänzte leuchtend rot.

Meine rechte Hand war eiskalt.

Meine rechte Hand ballte sich zu einer Faust.

Seitdem wurde ich jede Nacht von meiner Angst geweckt, ich wusste, in welcher Reihenfolge ich die Bilder, die Zweifel und die Fragen unterdrücken musste, ich kannte die Tücken der Schlaflosigkeit auswendig.

Clement Dubois hatte mir nach seinem Burn-out einmal gesagt, dass er die Vergangenheit zu vergessen versuchte, sonst wäre er dazu verdammt, sie immer wieder zu durchleben. Ich ging alles immer wieder durch, jedes Detail, obwohl ich wusste, dass alles nur noch schlimmer würde, da sich die Zeit nicht zurückdrehen ließ und ich ohnmächtig immer wieder zusehen musste.

Aber die alles zermalmende Zeitmaschine hatte sich dadurch in Gang gesetzt. Clement irrte sich. Nur indem man die Vergangenheit immer wieder durchlebte, konnte man Vergessen finden. Und Vergeltung …

Vor weniger als einer Woche fand ich meine Frau tot auf. Im Haus lag ein Schweigen, als ich eintrat. Ich hatte den Weg von der Schule im Rekordtempo zurückgelegt, meine Muskeln waren starr vor Anspannung. Ich stieß ihren Namen aus. Stürmte die Treppe hinauf. Schrie erneut ihren Namen. Ging die Treppe wieder hinunter. Kalte Schauer liefen mir über den Rücken. Ich lief schneller und schneller, schrie lauter und lauter. Suchte in jedem Raum nach ihr, aber nirgendwo fand ich sie. Dann ging ich zur Scheune und stieß die Tür auf.

Die Dunkelheit sprang mir entgegen, ich wollte dennoch das Licht nicht einschalten. Der Mond warf einen Hauch Schatten bis zur Türschwelle. Ich starrte in den Raum. Zwischen den vier fensterlosen Wänden baumelte ihr Körper an einem der Haken, an denen einst mein Rennrad gehangen hatte. Ihr langes blondes Haar verhüllte ihr Gesicht.

Ich stürzte auf sie zu, hob ihren Körper an den Beinen hoch, in der Hoffnung, sie wäre noch am Leben und könnte sich aus der Schlinge befreien. Ihr schmaler Körper beugte sich leblos über mich.

Während sich die Wahrheit in mir manifestierte, ließ ich ihren Körper wieder nach unten sinken. Ich umklammerte ihre Beine und umarmte den schlaffen Körper, starrte hinauf in das zarte Gesicht meiner Frau. Ihre Augen quollen hervor.

Malin hatte ihre Farbe verloren.

Ich weinte, während meine Gedanken durch die Nacht jagten.

EIN FEHLER

Ich war bereits drei Monate zu Hause, als Malin mich eines Tages fragte: „Bist du dir sicher?"

Es war noch früh am Morgen. Sie reichte mir das Handy, doch als ich es ergreifen wollte, behielt sie es noch einen Moment in der Hand. Meine Tochter, die mit ihrer Barbie-Sammlung spielte, sah kurz auf, konzentrierte sich aber schnell wieder auf das Kleid, das sie um den kaum biegsamen Körper der Puppe zu schieben versuchte.

„Es ist an der Zeit." Mit einem Ruck riss ich ihr das Telefon aus der Hand.

„Aber bist du auch wirklich bereit?", fragte Malin eindringlich. Ich nickte.

Am Abend zuvor war ich zum ersten Mal wieder in mein Arbeitszimmer gegangen und hatte mich an den Schreibtisch gesetzt. Ich wartete ab, ob etwas passierte. Es war, als würde ich mich von außen beobachten. Unvoreingenommen wie ein Arzt untersuchte ich, wie ich auf die Nähe meines Berufs reagieren würde. Ich registrierte, dass es kalt im Zimmer war und dass die Rückenlehne des Stuhls auf einen anderen Körper eingestellt zu sein schien. Und doch fühlte es sich vertraut an.

Ich knipste die Schreibtischlampe an, ordnete den Stapel Schulbücher, strich kurz über meine Ledertasche, die Malin offenbar auf den Schreibtisch gestellt hatte. Aber es geschah nichts. Kein beschleunigter Herzschlag, kein Kribbeln in den Fingern, kein Zusammenziehen des Magens, kein Schweißausbruch, kein Druck auf der Stirn; keine Spur körperlicher Beschwerden, wie ich sie in letzter Zeit immer wieder erlitten hatte.

Einen Moment lang wartete ich noch auf eine verzögerte Reaktion, aber die Ruhe in meinem Inneren blieb konstant. Zufrieden schaltete ich die Lampe wieder aus und dachte: Es wird Zeit, wieder an die Arbeit zu gehen. Darauf folgte ein ganz leichtes Zusammenziehen meines Magens.

„Bist *du* denn jemals zu etwas bereit?", fragte ich sie.

„Warum lenkst du jetzt ab?", antwortete Malin gelangweilt.

„Du weißt sehr gut, was ich meine. Du machst diese Achtsamkeitsübungen nun schon seit Monaten, und du hast dich verändert, das denke ich wirklich, du bist jetzt viel entspannter. Aber ich frage mich …"

Malin hatte recht. In den vergangenen Wochen war ich durch die Übungen aus Moreaus Buch immer mehr zur Ruhe gekommen, und meine Grundeinstellung hatte sich allmählich verändert. Es hatte eine Weile gedauert, bis ich merkte, dass meine innere Unruhe nachließ, und auch die vorschnellen Urteile über irgendetwas oder irgendjemanden verflüchtigten sich. Abends glitt ich rasch in einen tiefen Schlaf, und sprang morgens ausgeruht aus dem Bett. Ich war plötzlich viel energiegeladener, hörte damit auf, mir ständig über die Phase, in der ich mich gerade befand, Gedanken zu machen. Ich spürte nun nicht mehr den Drang, tausend Dinge auf einmal erledigen zu müssen, und das minderte den Frust, wenn es mir nicht gelang.

Indem ich ganz anders auf die Dinge um mich achtete, hatte ich auch bei meinen Geschmacksnerven einen neuen Detailreichtum entdeckt: Kartoffeln kamen mir viel erdiger vor als früher, Karotten waren süßer, Gurken besaßen eine grobe Textur, egal wie oft man sie kaute, Tomaten waren süß, wenn ich sie in der Hand aß, doch sie wurden sauer, wenn ich sie für eine Nudelsoße zerquetschte. Und wenn ich konzentriert klassische Musik hörte, zerfielen die Musikstücke in eine Fülle von Einzelinstrumenten mit jeweils eigenen Klangornamenten.

Ich stellte sogar fest, dass Lilou beim Waldspaziergang nicht aus Ungeschicklichkeit so oft stolperte, sondern weil sie ihren Blick immer nach oben oder zur Seite richtete; sie suchte die Baumkronen nach Vögeln ab, versuchte, im Gebüsch Schmetterlinge aufzuspüren. Die Achtsamkeit schenkte mir eine neue Realität. Aber …

Da war immer noch das kleine Geräusch im Hinterkopf, als zerbräche man einen Bleistift oder ein Stückchen Feuerholz auf dem Knie. Auf das Geräusch folgte stets das tiefe Schweigen, als ob ich die Vergangenheit von der Zukunft abgebrochen hätte.

Hart rieb ich mir mit der Hand über die Lippen. Plötzlich war es im Zimmer wieder unangenehm feucht, aber es war nicht so sehr diese schwüle Hitze, die mir auf Stirn, Bauch und Beinen den Schweiß ausbrechen ließ. Es war die Erinnerung an Moreau, die mich plötzlich in solcher Totalität heimsuchte, dass die seit jenem Abend verflossenen drei Monate wie wenige Stunden erschienen. Und mit der Erinnerung kehrten die Scham und der Ekel vor diesem Scheißkerl zurück. Das Gefühl, wertlos zu sein, stürzte mich in schwärzeste Verzweiflung …

„… also denke ich, es wäre sinnvoller, das als Erstes in Angriff zu nehmen. Oder?"

Ich wurde aus meinen Gedanken aufgeschreckt. „Was ist sinnvoller, Malin?"

„Dass du dich zuerst mal mit ihm auf einen Kaffee triffst."

„Mit wem?"

„Mit Moreau. Hast du mir nicht zugehört?"

„Warum sollte ich mit Moreau einen Kaffee trinken gehen?"

„Um mit ihm in Ruhe zu besprechen, dass du wieder mit dem Unterrichten beginnen möchtest." Malin seufzte.

„Das liegt nicht in seinem Verantwortungsbereich", entgegnete ich scharf. „Ich muss das mit meinem direkten Vorgesetzten besprechen. Mit Durand."

„Nun, dann eben mit Durand", sagte Malin gereizt.

„Wieso kommst du ausgerechnet mit Moreau daher?", hakte ich misstrauisch nach.

„Keine Ahnung." Sie zuckte mit den Achseln. „Ich meine, er ist doch der Rektor. Er hat dir doch extra dieses Buch mitgebracht, und du hast so oft gesagt, dass du ihm viel zu verdanken hast. Dass du durch ihn ein anderer Mensch geworden bist."

„Ja, er ist der Rektor unserer Schule, und das bedeutet, er gibt Durand Anweisungen, nicht mir."

„Entschuldige meinen Fehler, aber ich wollte doch damit nur sagen: Ich denke, es wäre klug, erst einmal mit den Kollegen zu sprechen und nicht sofort ins kalte Wasser zu springen, indem du dich gleich wieder vor die Klasse stellst. Gib dir ein wenig Spielraum. Ich würde nicht davon ausgehen, dass man im hektischen Schulalltag die ganze Zeit sehr achtsam sein kann."

„Ich hatte gehofft, du würdest mich unterstützen", erwiderte ich enttäuscht.

„Mensch, schau doch einfach mal in den Spiegel, Jules! Du bist jetzt überhaupt nicht mehr entspannt, obwohl du vor einer halben Stunde noch gelassen warst. Alles, worüber wir jetzt reden, ist ein Telefonat und eine Tasse Kaffee. Kein Grund, deshalb auszuflippen."

Malin hatte recht.

„Ich will ganz ehrlich zu dir sein", fuhr sie energisch fort. „Ich werde hier nicht herumsitzen und darauf warten, dass du einen Rückfall erleidest, indem du dir zu früh zu viel zutraust. Das wäre kontraproduktiv. Es geht hier ja auch nicht nur um dich. Ich will schließlich nicht ewig zurückstecken."

„Zurückstecken?"

„Ja, was überrascht dich daran so? Wir leben hier wie in Quarantäne. Ich möchte auch bald wieder mehr Freiraum für mich haben." Sie verschränkte ihre Arme vor der Brust. „Es ist Monate her, seit ich das letzte Mal in der Sauna war, und meine Kondition ist mittlerweile beschissen. Ich will wieder trainieren! Und mich mit Freunden treffen."

Vor eineinhalb Monaten hatten wir bereits ein ähnliches Gespräch, aber unter umgekehrten Vorzeichen. Damals erdrückte mich ihre Bereitschaft, mich in allem bedingungslos zu unterstützen. „Geh doch mal mit deinen Freundinnen aus", sagte ich damals, doch Malin lehnte das mit dem Argument ab, dass sie das ja wieder tun könne, wenn ich wieder stark genug sei. Ich gab nicht auf. „Du hast ein paar Wochen Urlaub genommen, und das hat mir gutgetan. Aber jetzt, wo du wieder jeden Tag zur Sparkasse gehst, ist es okay, auch in deiner Freizeit mal an dich selbst zu denken. Außerdem möchte ich dir zeigen, dass du ruhig einen Abend lang weg sein kannst, ohne dass hier die Bude brennt. Lilou und ich kommen ganz gut ein paar Stunden ohne dich zurecht."

Sie reagierte überrascht. „Es ist nicht Lilou, um die ich mir Sorgen mache, weißt du."

Es schmerzte mich, dass Malin ihre Freiheit so offen und vorwurfsvoll einforderte. „Verabredung? Mit wem?", fragte ich misstrauisch.

Sie ignorierte die Frage. „Ich habe monatelang pausiert, um dich zu unterstützen, und das habe ich gerne für dich getan, aber ich will bald … Zeit für mich haben."

Ob das die Wahrheit ist?, fragte ich mich. Wollte sie mich wirklich unterstützen? Oder war der Grund für ihren unbezahlten Urlaub und den Abbruch ihrer sportlichen Aktivitäten, weil sie sich bereits in ihrer Freiheit eingeschränkt sah? Hatte sie nur aus Eigennutz ihr Leben heruntergefahren, weil sie keine Verabredungen treffen wollte, die von Schuldgefühlen überschattet waren?

Offenbar fiel ihr auf, dass ihre Worte mich getroffen hatten, denn ihre Stimme wurde sanfter, einschmeichelnder.

„Warte einfach noch einen Monat, es wird dir nicht schaden. Danach beginnen die Sommerferien, und wenn das neue Schuljahr anfängt, kannst du wieder durchstarten. Aber zuerst solltest du den Betriebsarzt konsultieren, damit wir sicher sein können, dass du dazu bereit bist."

Malin wandte sich von mir ab, kniete sich neben Lilou auf den Boden, nahm eine Minibürste und begann, eine der Barbiepuppen zu kämmen …

Obwohl meine Frau sich zunächst dagegen sträubte, ging sie vor eineinhalb Monaten am Abend plötzlich mit Yvonne, ihrer besten Freundin, aus.

Ich versprach Lilou einen angenehmen Papa-Abend, gefüllt mit Milchshakes, Pfannkuchen, einer Partie „Gänseblümchen" und einer DVD mit Pippi Langstrumpf. Aber von dem Moment an, als Malin die Einfahrt hinunterfuhr, benahm sich Lilou unmöglich. Sie wollte nicht essen, nicht trinken, nicht spielen, fand den Film blöd und weigerte sich am Ende sogar, schlafen zu gehen.

Das ist ein Test, dachte ich, als ich nach oben ging, um Lilou das erste Mal ins Bett zu bringen.

Malin will wissen, wie du die Sache mit Lilou bewältigst?, meldete sich die Stimme aus den Tiefen einer Hirnwindung, als ich Lilou ein zweites Glas Wasser brachte.

„Mutter und Kind konspirieren gegen mich", murmelte ich vor mich hin, nachdem ich das Licht in Lilous Schlafzimmer zum vierten Mal ausgeschaltet hatte.

Nach etwa einer Stunde hatte ich meine Grenze erreicht. „Ich bin fertig mit eurem Belastungsexperiment", brüllte ich am Fußende ihres Kinderbettes Lilou an. „Ich habe die Nase voll von euren Tests und Tricks! Nun ist endgültig Schluss!"

Mein Gebrüll erschreckte Lilou so sehr, dass sie anfing zu weinen. Sie ließ sich nicht trösten, zumindest nicht mehr von mir. Mit klopfendem Herzen rief ich schließlich Malin auf ihrem Handy an. Sie kam sofort nach Hause und ging danach nicht mehr aus.

Malin machte einen Zopf in das kurze Haar der Barbie. „Für Lilou ist es natürlich großartig, dass ihr Papa so viel Zeit mit ihr verbringt. Jetzt, wo du kurz vor der Genesung stehst, kannst du noch einige schöne Dinge mit ihr unternehmen. In den vergangenen Wochen warst du dazu ja nicht in der Lage. Und wenn du noch ein wenig länger zu Hause bleibst, hast du auch genug Zeit dafür."

Damit du nach Lust und Laune Verabredungen treffen kannst, hätte ich ihr am liebsten an den Kopf geworfen, aber ich schluckte meine Worte hinunter. Dachte nur, dass die Leidenschaft vorbei war, als ich nachts neben ihr schlief. Fragte mich, wen sie wohl unbedingt treffen wollte, während ich mich ihr zuwandte.

Malin lächelte neuerdings leise in der Dunkelheit, während mein noch warmer Samen langsam an ihren ein wenig geöffneten Schenkeln herablief. Ihr Lächeln, das sich aus der Düsternis schälte, drückte Freude und Trauer zugleich aus, denn der Gedanke an Moreau ließ hundert verschiedene Gefühle entstehen.

Ich konnte den Ansturm all dieser Gefühle wie einen verhaltenen Blues spüren.

Während meine Frau ihr Bewusstsein langsam in den Schlaf entließ, dachte sie an Moreau. Da war ich mir sicher.

Malin zuckte mit den Achseln, und ich erkannte etwas Herablassendes an dieser Geste; Lilou selbst hätte es kaum besser machen können. Ich empfand große Verbitterung darüber, dass sie mich absichtlich ausschloss. Bei Lilou und Malin fühlte ich mich manchmal wie ein Außenseiter, ein Statist, der versehentlich auf die Bühne trat.

Plötzlich wurde mir klar, dass ich auf die enge Verbundenheit zwischen meiner Frau und meiner Tochter eifersüchtig war, ich schämte mich deshalb aber nicht.

„Jules?" In ihren Augen lag Argwohn.

Erst jetzt bemerkte ich, wie still es geworden war. Das Schweigen hatte sich über das Zimmer ausgebreitet wie eine Decke, die alles einhüllte, nur nicht das schwache Geräusch des Windes, der am späten Nachmittag ein wenig stärker wehte. Ich sah zu meinem Sessel am Fenster und dachte an meinen leeren Schreibtisch und die leere Ledertasche, die zusammen eine geradezu sterile Ordnung verrieten.

„Nein", sagte ich mit fester Stimme, „ich werde ihn jetzt anrufen!" Sofort wählte ich Durands Nummer.

„Wenn du unbedingt willst", zischte Malin. „Doch ich halte das für einen großen Fehler."

Nach dem Telefonat ging ich die Treppe hinauf in mein Arbeitszimmer. *Ein Fehler, vielleicht ... aber warum beharrt sie so darauf?*

Malins Worte hallten von unten wie tröstliches Brummen herauf. Oben schaute ich über die Schulter zurück auf den blauen Teppich, auf dem meine Frau und Lilou spielten. Wenn es je einen Ort gab, an dem sich Gespenster aufhielten, dann steckten sie in diesem Teppich. Er musste aus dem Haus, sonst würde er wieder durchdrehen, und die Raubvögel darin würden vielleicht eine Scheußlichkeit begehen.

Lilou und meine Frau tauschten einen kurzen Blick aus. Sie lachten, als ob sie sich gegen mich verschworen hätten.

Wenn du unbedingt willst ...

Wie mit Totenglocken dröhnte das Echo jener Worte über mich hinweg, begleitet vom Knirschen meiner Zähne und einem scharfen Knacken.

Ich hatte einen Bleistift zwischen meinen Fingern zerbrochen.

ES IST NICHT DEINE SCHULD

Meine Wahrnehmung war getrübt. Es konnte nur an meiner Müdigkeit und seelischen Erschöpfung gelegen haben, dass ich das Kind gesehen hatte. Oh, ich kannte diese Momente der Schwäche genau! Sie waren mir aus der Zeit, als sich der Burnout unbemerkt in meinen Körper geschlichen hatte, nur allzu vertraut.

Während des Unterrichts hatte ich Dinge gesehen, die gar nicht vorhanden waren, weil ich mit schläfrigen Augen in den Klassenraum geschaut und Worte gehört hatte, die gar nicht gesprochen wurden, weil ich mit dröhnenden Ohren zugehört und Handlungen ausgeführt hatte, an die ich mich nicht mehr erinnern konnte.

Ich schob diese mangelnde Konzentration auf die schlaflosen Nächte, die mich seit einiger Zeit plagten, aber meine Schüler hatten ihre eigenen Theorien.

„Alter oder Zerstreutheit?", hatte ein Schüler die lachende Klasse gefragt, nachdem ich eine Erklärung gestammelt hatte.

„Beides", rief ein Mitschüler. Abermals lachten alle, und ich lachte verlegen mit, obwohl die ganze Situation für mich nur noch peinlich war. Dieser ständige Schlafmangel zermürbte mich.

Mittlerweile kannte ich mich besser: Ich kämpfte mit mir selbst, um meine Schuld zu ergründen, war aber nicht wirklich dazu bereit, meinen eigenen Anteil daran zu akzeptieren. Ich brauchte Ruhe.

Mit einer raschen Bewegung zog ich ein vergilbtes Laken voller Feuchtigkeitsringe von der Couch, riss einen Stoffstreifen ab, verband damit meine blutende Hand und ließ mich auf das alte Möbelstück sinken. Die Sitzflächen waren durchgesessen und machten die Couch unbequem. Von den Kissen stieg ein erdiger Geruch in meine Nase. Ich starrte auf den hässlichen Teppich.

Meine Frau liebte Teppiche, und ich stellte mir vor, wie sie dort lag. Tief in Schwarz gehüllt. Die Arme ordentlich am Körper entlanggelegt, den Kopf aufrecht, das Kinn etwas angezogen, die Lippen leicht geöffnet und den Hals in einer Weise gebeugt, wie es nur ein toter Körper tun konnte. Ich schloss die Augen und legte mich genauso hin. Bald schlief ich in dieser Lage ein und begann zu träumen …

Ich saß in meinem Auto und legte den Rückwärtsgang ein, umklammerte das Lenkrad so fest, dass meine Knöchel weiß hervortraten, weil ich spürte, dass unweigerlich etwas passieren würde. Ich sah nicht in den Rückspiegel und ließ die Kupplung kommen. Erst sanft, dann mit Wucht. Das Auto rollte hart rückwärts. Dann hörte ich einen dumpfen Aufprall, das linke Hinterrad überfuhr irgendetwas. Ich trat kräftig auf die Bremse und stieg ein wenig benommen aus, um nachzusehen, was ich erfasst hatte. Unter dem Wagen lag unser Kater. Seine Eingeweide waren durch das Gewicht des Wagens herausgequetscht worden.

„Er ist tot!", schrie ein Kind hinter mir.

Ich drehte mich entsetzt um. Lilou stand in der Öffnung des Garagentors. Ihr Schädel war in zwei Hälften gespalten, Gehirnmasse sank langsam über ihr Gesicht herab.

„Er ist tot, und es ist deine Schuld." Sie stampfte mit dem Fuß auf, drehte sich abrupt um und schob mit der linken Hand ihr Gehirn wieder an seinen Platz, während sie in der Dunkelheit der Garage verschwand …

Ich wachte schweißgebadet auf. Das Tuch um meine Hand war rot durchtränkt und mit der Wunde verklebt, meine Finger waren kalt. Zum Glück blutete die Wunde nicht mehr, der Schnitt war nicht allzu tief. Vorsichtig bewegte ich meine Finger hin und her, um die Blutzirkulation anzuregen. Dann wickelte ich einen neuen Verband um meine Hand, dieses Mal etwas lockerer. Ich zog den Teppich unbeherrscht weg, wobei ein grauer Staubregen auf mich niederfiel.

Es war bereits halb vier am Nachmittag. Die Trauerfeier in der Gaststätte müsste inzwischen vorbei sein. „Bitte ziehen Sie sich spätestens bis drei Uhr zurück", hatte der Inhaber vor ein paar Tagen pietätvoll, aber entschlossen gesagt. „Um fünf kommen bereits die ersten hungrigen Gäste." Die Kellnerinnen waren vermutlich gerade dabei, die letzten Spuren von Malins Leben von den Tischen zu wischen, verirrte Krümel aufzukehren und die Weingläser und Kaffeetassen zu entfernen.

Die Beileidsbekundung und der Leichenschmaus für Lilou hatten hingegen in unserem Haus stattgefunden. Es war Malins Idee gewesen. Sie wollte ihr so nah wie möglich sein, weil sie glaubte, hier immer noch die Energie unserer Tochter zu spüren, ganz besonders in Lilous Zimmer.

Der Bestattungsunternehmer hatte versucht, sie umzustimmen, aber Malin ließ sich nicht davon abbringen. „Hier! In diesem Haus. Nirgendwo sonst! Haben Sie mich verstanden, oder spreche ich Chinesisch?" In ihrer Stimme lag eisige Feindseligkeit.

Wir saßen im Wohnzimmer nebeneinander auf der Couch und ließen fast anderthalb Stunden lang warmherzige Worte und liebevolle Angebote über uns ergehen. Wir sprachen keinen Ton miteinander. Malin ignorierte mich, und ich wagte es nicht, ihrem Blick zu begegnen. Ich hatte Angst zu sehen, dass alles Leben in ihm erloschen war.

Als ich einmal zaghaft meine Hand auf ihren Oberschenkel legte, schob sie sie weg und flüsterte: „Ich will nicht, dass du mich anfasst."

Es war grau und dunkel in dem alten Haus. Selbst als ich die Rollläden an den Fenstern öffnete, bekam das Wohnzimmer nichts von der Fröhlichkeit, die man von einem Ferienhaus erwartete. Die Vertäfelung, die sich vom Flur ins Wohnzimmer fortsetzte, hatte fast ihre Farbe verloren. Staubwolken wirbelten in den Ecken des Wohnzimmers und entlang der Möbelbeine. An manchen Stellen seufzte der Boden wie eine alte Frau. Auf seltsame Weise ähnelte Maison Artemis der dunklen Wohnung, die mein Polizist als Basis genutzt hatte.

Sams Rache begann in einem kontemplativen Moment. Während er sich einen großen Whiskey einschenkte, dachte er über seine bevorstehenden Sünden nach. Er saß halb entblößt auf einem Stuhl im schummrig beleuchteten Wohnzimmer. Sein aufgepumpt wirkender Oberkörper glänzte vor Schweiß, die Adern waren deutlich sichtbar. Ein paar Sekunden lang starrte Sam gequält einen sich an der Wand drehenden Ventilator an, dann kippte er den Drink in einem Zug hinunter und knallte das Glas auf den Tisch.

Finster und bedrohlich sah Sam in die Kamera, bereit zu beginnen. Dieser Moment war überzeugend eingefangen; die Muskeln zeigten Sams vor Wut brodelnde Kraft, der Whisky gab ihm den rauen Cowboy-Charme, den er brauchte, um im Film glaubhaft mit Pistolen herumfuchteln zu können, und der rotierende Ventilator warf Schatten über sein Gesicht, als ob er ständig zwischen Gut und Böse hin- und herwechselte.

Für mich selbst fasste ich einen ähnlichen Start ins Auge, um mich in die richtige Stimmung für meine Mission zu bringen, aber außer einer Tasche mit Kleidung und einer Zahnbürste hatte ich nichts dabei. Keinen Whiskey, keine Zigaretten, keine Waffen, nicht einmal eine Flasche Wasser. Ich fragte mich, wann ich zuletzt etwas Richtiges gegessen und getrunken hatte. An diesem Morgen war es ein Knäckebrot mit Erdnussbutter, danach nichts mehr. Selbst die Schüssel mit den Keksen, mit denen meine Mutter die Familie nach dem Gebet trösten wollte, war nicht bei mir angekommen.

Sam war besser vorbereitet. Er brachte eine Kiste mit Pistolen, Schrotflinten, Bomben, Handgranaten, sogar Pfeil und Bogen in sein neues Zuhause, reinigte die Pistolen, füllte Magazine mit Patronen und überprüfte eine Schrotflinte. Er blickte Angst einflößend in den Lauf, zielte auf die Kamera und drückte ab.

Überall in der Wohnung versteckte Sam Waffen: unter dem Waschbecken, in Schubladen, unter dem Bett, in und unter dem Kleiderschrank. Sein Plan war gut durchdacht.

Und was hatte ich? Auf jeden Fall das tiefe Verlangen, meine Hände um Moreaus Kehle zu legen und fest zuzudrücken. Äußerst langsam, damit ich sehen konnte, wie die Panik von ihm

Besitz ergriff und ihm allmählich dämmerte, dass dies seine letzten Momente waren.

Am kommenden Dienstagabend würde ich auf dem Parkplatz der Sauna auf den Bastard warten. Sobald er seine Autotür öffnete, schläfrig vom Schwitzen, würde ich ihn mir greifen. Sein Widerstand würde zweifelsohne Spuren im Kies hinterlassen, die Signatur meiner Entschlossenheit.

Ich ballte meine ramponierte Hand, legte die Fingerspitzen auf die Wunde und drückte das offene Fleisch so stark zusammen, dass der Schnitt wieder zu bluten begann.

Würde Moreau Schmerzen empfinden, wenn ich ihm mit meinen bloßen Händen den Kehlkopf zerquetschte?

„Es ist nicht deine Schuld", sagte Malin am Morgen nach Lilous Beerdigung. Eine Dreiviertelstunde lang hatten wir schweigend beim Frühstück gesessen; unser kleines Mädchen hinterließ eine große Leere. Ich suchte in der Küche nach Spuren. Spuren ihres letzten Tages, eines Tages ohne mich. Ich suchte einen Hinweis, der mir verraten würde, was mein Mädchen an ihrem letzten Tag in der Küche gemacht hatte. Es gab keinen. Der Mülleimer war noch nicht geleert, aber selbst im Müll war nichts, was meine Fragen hätte beantworten können. Ich machte den Kühlschrank auf, keine Kinderschokolade. Ich ließ den Blick durch den Raum schweifen. Nirgendwo ein vergessenes Spielzeug.

Die erste Nacht ohne unser Kind hatten wir getrennt verbracht, obwohl wir zur gleichen Zeit unter unsere Bettdecken geschlüpft waren. Das Bett war kalt, die Matratze fühlte sich hart an. Ich lag starr, aber Malin drehte und wälzte sich ständig, und als ich mich schlafend stellte, schlüpfte sie aus dem Bett und ging nach unten.

Warum verließ sie das Bett so klammheimlich? Ich wartete zwei Minuten und ging die Treppe hinunter. Die Stufen knarzten, aber Malin schien mich nicht zu hören. Sie lag auf dem Sofa und hielt sich ein Kissen vors Gesicht. Ihr Weinen war erschütternd, obwohl es kaum zu hören war, denn ihr Schluchzen wurde von der Baumwolle erstickt.

Ich wollte mich am liebsten auflösen, von irgendetwas verschlungen werden, einfach weg sein, und ging wieder die Treppe hinauf, in Lilous Zimmer. Auch hier knarzte das Parkett. Es war warm im Zimmer meines Mädchens und gar nicht unordentlich. Ihre Spielsachen waren schon eingepackt. Hier gab es nichts zu tun. Ich blickte auf das leere Bett und nahm eines der Kopfkissen in die Hand, drückte mein Gesicht hinein und atmete Lilous schwachen Duft ein. Seufzte. Legte es wieder an seinen Platz. Und floh zurück in das eisige Ehebett, in dem nur meine Trauer lag.

„Ich verstehe deine Gedanken", fuhr Malin fort, „aber du bist nicht für ihren Tod verantwortlich. Du bist ebenfalls ein Opfer."

Kurz fanden sich unsere Augen. Ihr Gesicht war von Schmerz gezeichnet: abgemagert, erschöpft, unglücklich, farblos. Als ob sie Lilous Tod wie einen Virus eingeatmet hätte.

„Wir müssen etwas dagegen tun, mit jemandem reden", sagte sie. Ihre Augen füllten sich mit Tränen.

Ich griff über den Tisch und legte meine Hand auf die ihre. Malins Finger waren eiskalt.

Sie entzog sich mir plötzlich wieder und murmelte: „Fass mich nicht an!" Sie stand auf und ließ mich in der Küche allein.

Wie immer, wenn Malin nicht da war, veränderte sich die Atmosphäre im Haus. Obwohl Lilou tot war, spürte man sie überall. Ich ging die Treppe hinauf und legte mich im Kinderzimmer auf das Bett meiner Tochter. Lauschte nach ihrem Lachen und atmete ihren Duft.

Es gab zwei Sorten von Stille; die neutrale, menschenferne, die Stille vor Lilous Tod, und das schmerzliche Schweigen danach, das ich selbst in der Schule hören konnte.

Meine Schuld lag in der Stille *vor* Lilou.

ALLE FÜR EINEN

Drei Tage nach dem Gespräch mit Malin befolgte ich ihren Rat und fuhr nach Lion-sur-Mer, um mich mit meinem Vorgesetzten Durand auf einen Kaffee zu treffen. Die Entscheidung, für ein unverbindliches Gespräch zur Schule zu fahren, empfand ich inzwischen als beruhigend. Es stärkte mein Selbstbewusstsein, ihm gleichwertig gegenüberzutreten. Ich verspürte sogar Lust, all meine Kollegen nach Monaten der Abwesenheit wiederzusehen.

Doch kurz vor dem Schulhof überkam mich urplötzlich eine panische Angst. Ich fuhr an der Schule vorbei und bog an der Kreuzung nach links ab. Einige Hundert Meter weiter hielt ich an und fragte mich, warum meine Euphorie verschwunden war.

Ich war doch bereit gewesen für eine behutsame Rückkehr, in den vergangenen Monaten hatte sich reichlich Ruhe und Milde in mir angesammelt. Ich fürchtete mich nicht mehr davor, das lärmende Gebäude wieder zu betreten. Selbst der Betriebsarzt hatte positiv auf meine Absichten reagiert.

„Sie sind der Einzige, der weiß, was in Ihnen vorgeht, Jules“, sagte er. „Wenn Sie spüren, dass Sie so weit sind, dann können Sie sich wieder eingliedern.“

Aber jetzt zitterten meine Hände. Ich rief Malin an und erzählte ihr von meiner plötzlichen Angst.

„Das überrascht mich kein bisschen“, sagte sie. „Im Gegenteil: Ich habe das erwartet, Jules. Du bist ein sehr emotionaler Mensch. Andererseits hast du doch in letzter Zeit viel gelernt über dich. Besinne dich darauf. Nutze die Achtsamkeit!“

Eine Gruppe Jugendlicher radelte an meinem Wagen vorbei. „Das ist doch Lefèvre“, rief einer von ihnen, ein Junge, den ich nicht erkannte. Köpfe drehten sich nach mir um, zwei Mädchen winkten mir überschwänglich zu. *Marie und Ana.* Ihre Namen waren mir nicht entfallen. Sie hatten meinen plötzlichen Abgang miterlebt. Ich hatte diesen Moment unzählige Male durchlebt und wusste genau, wer dabei gewesen war und wo jeder im Klassenraum gesessen hatte.

„Werden Sie wieder unterrichten?", fragte Marie, die angehalten hatte. In ihrer Stimme lag ein Hauch von Hoffnung, aber vor allem Neugierde. Ich streckte lächelnd den Daumen in die Luft und merkte erst danach, dass ich gerade ihr, aber damit auch mir, ein Versprechen gegeben hatte.

Malin war noch in der Leitung. „Du kannst das schaffen, Jules", sagte sie. „Für uns alle."

Sie betonte das Wort *alle*, aber mittlerweile wusste ich genau, wen sie damit meinte. Mich, ja, aber letztendlich sich. Meine Frau wollte Verabredungen treffen. Dazu musste ich wieder funktionieren.

Wieder radelten Schüler vorbei, etwa zwanzig an der Zahl. Der Letzte der Gruppe war ein Junge, der sich auf seinem Fahrrad umdrehte, als er vorbeifuhr. Er erkannte mich, und ich glaubte, etwas Vertrautes in seinem Gesicht zu lesen.

„Für uns alle", wiederholte ich und brach, ohne mich von Malin zu verabschieden, das Gespräch ab.

Durand vertrieb meine Befürchtungen und Ängste fünf Minuten später mit einem festen Klaps auf meine Schulter.

„Jules, das passiert den Besten unter uns." Er setzte sich hinter seinen Schreibtisch und deutete auf den Stuhl ihm gegenüber. „Selbst ich hatte bereits einen Burn-out und musste pausieren, es ist schon länger her, noch bevor ich hier Gruppenleiter wurde, ich weiß also, wie sich das anfühlt." Er blickte nach oben, hielt einen Moment inne, als müsste er in seinem Gehirnarchiv erst die Schublade *Rückkehr nach längerer Abwesenheit* öffnen. „Die Angst vor den Blicken der Schüler und der Kollegen ist völlig normal." Er lächelte schüchtern und zuckte mit den Schultern. „Egal wie gut man sich auch von einem Zusammenbruch erholt hat, sie fragen sich immer, wen sie jetzt vor sich haben. Ist es die gleiche Person wie zuvor oder eine abgeschwächte Version oder sogar eine stärkere, sozusagen ein Update. Aber egal was, wiedererkennbar soll sie sein."

Ich nickte und erwiderte: „Ich muss allerdings noch behutsam sein, mich quasi etwas milde verhalten."

„Milde?" Durand blickte noch einmal nachdenklich nach oben. „Das ist ein schöner Begriff, aber in der Erziehung muss man mit Milde sparsam umgehen. Schüler assoziieren das schnell mit Schwäche oder Angst. Sie missbrauchen Milde, auch wenn sie noch so gut gemeint ist."

Die Worte meines Vorgesetzten trafen mich. *Schwäche und Angst.* Durand fällte mal wieder ein vorschnelles Urteil.

„Das klingt so zynisch, aber ich denke, du hast mich auch nicht richtig verstanden", entgegnete ich. „Ich rede von einer anderen Art Milde. In Moreaus Buch …"

Durand hob die Hand. „Moment mal, Moreau hat ein Buch geschrieben?"

„Nein, er hat es mir geschenkt, ein Buch über Achtsamkeit. Darin wird erklärt, dass …"

„Er hat dir ein Buch geschenkt?" Durand hob verständnislos die Augenbrauen.

Plötzlich verdrängte der Argwohn meine Angst, und ich sah ihn fest an. „Er hat es sogar persönlich vorbeigebracht. Und Clement Dubois hat …"

Durand legte die Spitze seines Zeigefingers auf das Grübchen in seinem Kinn. Und wieder blickte er hoch, als ob er nun in seinem Hirnschrank nach dem Aktenordner *Gespräche mit Moreau* suchte. Doch ich fand noch etwas anderes in seinen Augen: Angst und … einen Hauch von Neid. Auch Durand fürchtete sich vor Moreau. Angst war ein Feuer, dass von Geburt an selbst in den kältesten Herzen brannte. Es wartete darauf, angefacht zu werden.

„Seltsam, davon hat er mir nichts erzählt. Ich wusste nicht einmal, dass ihr Kontakt hattet." Der Finger kam aus der Vertiefung heraus. „Spielt auch keine Rolle." Er beugte sich vor und stützte die Ellbogen auf den Schreibtisch. Die Furcht in seinen Augen hatte sich verflüchtigt. Oder gut versteckt? „Erzähl mal, Jules. Wie geht es dir? Du hast am Telefon einen entspannten Eindruck gemacht." Während er die Worte sprach, scannte er mein Gesicht.

Jetzt nur nicht wegsehen, dachte ich, ich konnte seinem Blick aber nicht standhalten. Meine Augen suchten nach etwas, worauf sie sich konzentrieren konnten, und fanden das Handy, das ich auf den Schreibtisch gelegt hatte. Ich nahm es und drehte das Gerät nervös in meinen Händen.

„Ich fühle mich seit Längerem wieder besser. Ich bin energiegeladen und habe Lust, meinen Arbeitstag wieder zu bewältigen. Ich schlafe wunderbar, habe meine innere Ruhe wiedergefunden und mich von all dem Ballast, den ich mit mir herumschleppte, befreit."

Durand schaute gebannt auf meine Hände, die das Handy immer wieder rotieren ließen. Sofort legte ich es zurück auf den Schreibtisch.

„Das ist schön. Und das heißt?"

„Es ist Zeit für einen Neuanfang. Ich würde gerne wieder ins Klassenzimmer zurückkehren, zunächst für ein paar Stunden pro Woche und dann im neuen Schuljahr in Vollzeit. Und ich fände es toll, einen Kurs über Achtsamkeit für den Unterricht zu entwickeln. Die Hektik könnte aus den Schulfluren verschwinden, wenn wir alle ..."

„Ich muss dich hier unterbrechen, Jules." Durand lehnte sich in seinen Bürostuhl zurück, verschränkte die Arme vor der Brust und räusperte sich einen Moment lang. „Entschuldige, ich hätte mich klarer ausdrücken müssen. Es ist natürlich toll, dass du voller Ideen bist, aber im Moment möchte ich in erster Linie wissen, wie es dir geht. Du hast vor ein paar Monaten viel durchgemacht, und heute ist es das erste Mal, dass wir uns von Angesicht zu Angesicht unterhalten. Wie wäre es, wenn wir nicht gleich über die Arbeit sprechen, sondern lieber in dich hineinhorchen?" Er hielt inne, er wollte sehen, wie ich seine Worte aufnahm. Ich schwieg, und er fuhr fort. „Sich von einem Burn-out zu erholen, ist nicht dasselbe, wie aus einem Sabbatjahr zurückzukommen. In der *Mixted Public École* haben wir selbstverständlich dafür gesorgt, dass unsere Mitarbeiter genügend Zeit bekommen, sich zu regenerieren. Solange du weg bist, sind andere für dich eingesprungen. Solidarität ist uns wichtig. Dadurch soll auch vermieden werden, dass du wegen deiner Abwesenheit Schuldgefühle bekommst. Jules, ich kenne natürlich dein übermäßiges Verantwortungsgefühl und weiß auch, dass es an deinem Zustand nicht ganz unschuldig war. Aber du siehst wirklich gut aus. Nach meiner Einschätzung bist du nun bereit für die letzte Phase deiner Genesung."

Ich durfte Durands Worte nicht abwägen, sondern musste sie akzeptieren. Aber sie trübten mein Gemüt und verstärkten meine Furcht. Angst war das älteste aller Gefühle. Durands Zurückweisung ließ sie aufflammen, und Selbstzweifel blieben wie Asche in meiner Seele zurück.

„Meine Frau hat vor ein paar Tagen das Gleiche zu mir gesagt." Eine Flucht nach vorn.

„Dann hast du eine sehr vernünftige Frau, Jules. Das ist mir übrigens bereits aufgefallen, als sie deine Tasche bei uns abgeholt hat." Durand schaute auf seine Uhr. „In fünf Minuten läutet die Pausenglocke. Der ideale Beginn für einen Neueinstieg ist doch ein Kaffee mit den Kollegen, oder was meinst du? Das ebnet die Rückkehr in den erlauchten Kreis."

Ich spürte ihn wieder, den Stachel des Misstrauens. Durand hatte nicht mich eingeladen, um einen Kaffee mit *ihm* zu trinken, sondern einen mit den anderen Lehrern! Der schnelle Blick auf seine Armbanduhr hatte ihn verraten. Wenn es seine Absicht gewesen wäre, heute mit mir alles ausführlich zu besprechen, hätte er nicht nach zehn Minuten auf die Uhr geschaut. Der Ausgang dieses Gesprächs war vorher schon festgestanden. Er wollte mich in diesem Schuljahr nicht mehr, ich war zu einem Fremdkörper geworden.

Hatten Malin und Durand etwa hinter meinem Rücken Kontakt gehabt? Oder gab es da noch eine ganz andere Verbindung, von der ich nichts ahnte?

„Abgemacht!", rief Durand begeistert, als hätte ich irgendetwas zugestimmt. „Du gehst jetzt in das Lehrerzimmer, sprichst mit deinen Kollegen, die sich sicher freuen, dich wiederzusehen, und kommst alle zwei Wochen wieder auf einen Kaffee vorbei. Sozusagen, um den Kontakt zwischen dir und der Schule wieder auf Vordermann zu bringen. Dieses Schuljahr ist gelaufen, was bedeutet, dass es Unsinn wäre, wenn du in den letzten fünf Wochen vor den Sommerferien noch unterrichten würdest. Deine Vertretung muss ohnehin bezahlt werden, also erholst du dich noch ein bisschen und übernimmst nach den Sommerferien. So bleiben dir drei weitere Monate, um Energie zu tanken, danach kannst du voller Tatkraft ins nächste Schuljahr starten. Wir freuen uns darauf."

„Das ist sehr freundlich von dir", erwiderte ich bestürzt, „aber ich habe schon einen weiten Weg hinter mich gebracht, und es wäre sehr wichtig für mich, etwas für die Schule tun zu können."

Durand stand auf und öffnete die Tür zu seinem Büro. „Unser Slogan lautet *Alle für einen*", meinte er schmunzelnd. „Und das heißt für mich, dass wir uns gegenseitig schützen. Nichts anderes tue ich jetzt. Wollen wir?"

Er ging vor mir in Richtung Lehrerzimmer, hielt aber plötzlich inne. „Weißt du was? Nimm doch in der letzten Woche vor den Sommerferien am Übergangstreffen der vierten Klasse teil. Dann kannst du alle Kollegen treffen, das laufende Schuljahr mit uns beenden und gleich hören, wie die Schüler dieses Jahr abgeschnitten haben, welche Besonderheiten es gab. Zudem werden wir entscheiden, was wir mit …"

Durand begann leiser zu sprechen. „Was wir mit dem Sohn von Moreau machen. Du hast ja keine Ahnung, wie viel Ärger wir in diesem Schuljahr mit dem Jungen hatten. Während des Treffens wird geklärt, ob er bleiben kann oder die Schule verlassen muss. Seine Akte ist dick genug, um einen Ausschluss zu rechtfertigen, aber er ist und bleibt nun mal der Sohn unseres Rektors. Es ist ein sehr sensibles Thema. Grund genug für dich, um dabei zu sein. So kannst du wunderbar wieder reinschnuppern. Was meinst du dazu?"

Ich wusste nicht, was ich antworten sollte.

„Na wunderbar", sagte Durand und klopfte mir wieder auf die Schulter. Diesmal tat der Schlag ein wenig weh.

Eine halbe Stunde später lief ich wieder zu meinem Wagen und hatte das Gefühl beobachtet zu werden. Bevor ich einstieg, schaute ich mich um. Ich spürte die Augen, die mich musterten, und ahnte, wem sie gehörten: Moreau.

Doch dann erblickte ich Lilou, die neben einem Stoppschild an der Straße stand und mir zuwinkte. Wie immer, wenn ich mein kleines Mädchen sah, durchlief mich ein Gefühl der Freude, aber diesmal spürte ich auch den Stachel der Angst, als ob Lilou eine große Gefahr drohte. Wie war das überhaupt möglich? Das konnte doch gar nicht sein! Lilou war zu Hause.

Ich sank vor meinem Auto am Bordstein zusammen. Meine Hände glitten von meinen Schenkeln und hingen zwischen den Beinen herab. Das Kinn sank mir auf die Brust. Dann empfand ich ein dumpfes, schmerzloses Ziehen, als ob ein Teil sich von mir abtrennte, aufstand und Lilou in die immer dichter werdende Dunkelheit hinein nachlief.

„Lilou?" Ein Flüstern.

Ich lief weiter und weiter, begleitet von einem knarrenden, ächzenden Geräusch und wild wogenden Schatten, die sich in Fichten im nächtlichen Wald hinter der Kirche verwandelten, von einem heulenden Sturm gepeitscht.

„Papa …" Lilous Stimme kam aus der Dunkelheit, in ihr schwang so viel Trauer mit. Das Echo ihrer Stimme hallte in meinem Kopf nach.

„Jules? Was machst du auf dem Boden?"

Die Vision löste sich auf. Ich zuckte erschrocken zusammen und öffnete die Augen. Clement beugte sich über mich, reichte mir die Hand und zog mich hoch.

„Ist alles okay, Jules?"

„Ja, alles in Ordnung. Nur ein kleiner Moment der Schwäche."

„Du solltest es lieber langsam angehen, alter Freund."

Ich blinzelte ihn verloren an.

EINEN EURO FÜR DEN FÄHRMANN

Ich verließ den Strand über einen Feldweg, der mich um den Ferienpark herumführte. Nach fünf Minuten fand ich in die Zivilisation zurück, stieg in den Wagen und fuhr am Eingang des Ferienparks vorbei. Jemand hatte das Eingangstor heruntergelassen. Der Empfangsbereich war dunkel und verlassen.

Mein Ziel war Tailleville, ein kleines Dorf südwestlich von Lion-sur-Mer, das ich nach zwanzig Minuten erreichte. Es bestand aus ein paar Häusern, einer Kirche mit einem Friedhof, einem Supermarkt, einer Videothek, einer Metzgerei und einem Blumenladen, und seufzte unter der Bürde seiner eigenen Existenz. Die Fassaden mit ihren grünen Ablagerungen starrten aufs Meer hinaus, kleine Pflanzen hatten sich in den Ziegeln und Zementschichten eingenistet, und der First eines Bauernschuppens war eingestürzt, als hätte sich einst ein Riese darauf niedergelassen. Unkraut überwucherte den Kiesweg zur Kirche. Die Grabsteine waren in einem Oval um das Gotteshaus herum angeordnet wie die Zähne einer Tierfalle, die jeden Moment zuschnappen konnte. Ein Schauer lief mir beim Anblick der Grabsteine über den Rücken.

Ich schloss die Augen und dachte, dass meine Ehe mit Malin stets wie eine Religion war, eine Hingabe, ein unberührbares Ideal. Doch meine Hingabe grenzte an eine Schattenseite, eine dunkle Kraft, die mir immer wieder die Frage stellte, wie weit Malin während unserer Ehe bereit gewesen war zu gehen. Ich kannte die Antwort nicht, wusste nur: Je größer die Liebe war, desto größer konnte auch der Hass sein.

Ich ließ den Blick über die Gräber schweifen. All die Unschuldigen, die hier ruhten – und ein Verräter wie Moreau lebte noch. Doch bald würde ich ihm das geben, was er wirklich verdiente: den Tod …

Lilous Grab lag im hinteren Teil des Friedhofs von Plumetot. Von der Kirchenbank aus war es ein Fußmarsch von fast fünf Minuten, aber nachdem wir hinter dem Sarg die Kirche verlassen hatten, kam es mir so vor, als erreichten wir ihre Ruhestätte innerhalb weniger Schritte. Malin war untröstlich. Sie weinte die ganze Zeit, und der Wind blies ihr die Tränen von den Wangen.

Ich legte meinen Arm um sie, als wir den Kiesweg zu dem kleinen Loch entlanggingen, und spürte, wie der Körper meiner Frau unruhig wurde. Zuerst war da nur das Schütteln, das ihr tiefes Schluchzen begleitete, dann verlangsamte sie ihre Schritte, und als wir uns schließlich dem Grab näherten, zitterte Malin am ganzen Körper.

Uns folgten die Trauergäste, die gekommen waren, um uns zu unterstützen, aber nicht ein einziger Blick, nicht eine Geste oder Berührung konnte uns Trost bringen.

Als wir vor dem Grab standen und Lilous Sarg an den Seilen herabgelassen wurde, murmelte Malin mit zittriger Stimme: „Da liegt unser kleines Mädchen in der Finsternis. Dieses unschuldige Kind."

Plötzlich sprudelte jede Zelle meines Körpers in den Magen. Ich zuckte zusammen, schnappte nach Luft und zog meine Frau näher an mich heran, sodass unsere Köpfe aneinanderruhten.

Und ich flüsterte ihr ins Ohr: „Es tut mir so leid, mein Liebling. Ich bin schuld."

Im Supermarkt kaufte ich Lebensmittel für die kommende Woche. Jede Menge Nudeln, Fertigsoßen, Wasserflaschen, Brot, drei Gläser Erdnussbutter, eine Packung haltbare Milch, drei Dutzend Eier und zwei Flaschen Whiskey.

Während ich durch den Laden schlenderte, dachte ich an meine Eltern, die jetzt mit den Schwiegereltern um den Tisch in meinem Haus saßen und sich mit Suppe und Sandwiches trösteten. Wahrscheinlich würde meine Mutter kaum etwas essen und nur Augen für ihr Handy haben; dass ich an diesem entscheidenden

Tag verschwunden war, hatte ihren Magen krampfhaft schrumpfen lassen. Sie würde die Kaubewegungen der anderen mit Abscheu beobachten und meinen Vater fragen: „Sollten wir uns nicht auf die Suche nach ihm machen? Wir können hier nicht einfach sitzen und essen, als wäre nichts passiert." Mein Vater würde zuerst den Bissen hinunterschlucken, sich dann die Lippen mit einer Serviette abtupfen und antworten: „Der Mensch muss essen. Außerdem ist Jules ein erwachsener Mann. Er wird wissen, was er tut." Dann würde er weiteressen, als hätte er mich völlig vergessen.

Er erteilte mir Absolution für mein Verhalten – die stärkste Form der Vergebung. Die Auslöschkeit der Sünde. Dazu war ich keineswegs bereit. Malin und mir war die Zukunft gestohlen worden, wir durften sie nicht mehr erleben. Absolution war eine Gnade, die ihrem Mörder nicht widerfahren sollte.

Der Kofferraum meines Autos war prall mit Lebensmitteln gefüllt. Das gab mir ein gutes Gefühl. Vielleicht hatte ich mich nicht besonders gut auf meine Rache vorbereitet, aber diese Einkäufe würden mir die Möglichkeit verschaffen, mich ganz auf meine Übungen zu konzentrieren. Ich könnte bis Dienstag in dem Ferienhaus bleiben, ohne es verlassen zu müssen, und ich wollte nun so schnell wie möglich dorthin. Hartes Training war angesagt, um den Sturm, der in meinem Kopf tobte, in Muskelkraft umzuwandeln. Meine Hände mussten in den nächsten Tagen so stark werden, dass sie sich in einer unerwarteten, katzenartigen Bewegung fest um Moreaus Kehle legen und zudrücken konnten, lange und mit aller Kraft, die ich mir bis dahin erworben hatte. Meine Absolution würde ich durch Moreaus Tod erhalten. Sein Tod war *meine* Wiedergeburt. Die Möglichkeit, all meine Verfehlungen wiedergutzumachen. Ich hatte aus den Fehlern der Vergangenheit gelernt, andere hingegen waren dazu verdammt, sie zu wiederholen, bis jemand einen Schlussstrich zog.

Ich brachte den Einkaufswagen zum Supermarkt zurück, und als ich wieder zu meinem Auto ging, änderte ich urplötzlich meine Meinung und machte mich auf den Weg zur Videothek.

Hinter dem Verkaufstresen saß ein junger Mann und las eine Zeitschrift. Ich schätzte ihn auf etwa sechzehn Jahre. Er begrüßte mich nicht, als ich eintrat, sondern konzentrierte sich weiter auf sein Heft, selbst als ich versuchte, seine Aufmerksamkeit durch Räuspern zu erregen.

„Habt ihr zufällig den Actionfilm *Sam*?", fragte ich ungeduldig.

Der Junge warf mir einen Blick zu, nur ein paar Sekunden. Dann stieß er sich von der Ladentheke ab, rollte seinen Stuhl zu einem kleinen Tisch und tippte etwas in den Computer.

„Wenn ich den Film jetzt bestelle, ist er in drei Tagen da", sagte er.

„Das war nicht meine Frage", knurrte ich.

„Das ist aber meine Antwort." Er rollte zurück zur Ladentheke, lehnte sich nach vorne und stützte die Ellbogen auf den Tresen. „Ich weiß genau, was in den Regalen steht. Deshalb habe ich gleich die Lieferzeit der DVD ermittelt."

„Drei Tage sind mir zu lang. Ich brauche den Film früher."

„Brauche?"

Was konnte ich antworten? *Mein Kind und meine Frau sind bei einem Unfall gestorben, und ich allein weiß, wer ihren Tod verursacht hat, und bald werde ich ihn töten, ganz im Geiste von Sam. Ich schmiede dunkle Ränke wie mein Polizist.*

„Ich bin Dozent. Übermorgen unterrichte ich an der *Mixted Public École* in Lion-sur-Mer das Thema Vergeltung."

Keine Reaktion.

„Wie könnte Rache aussehen, und was bewirkt sie?", fügte ich rasch hinzu. „Die Bilder aus dem Film illustrieren die Geschichte, die ich zu erzählen gedenke. Wir wollen den Helden kritisch hinterfragen."

Wieder schwieg der Junge. Er ließ sich langsam in den Bürostuhl sinken, lehnte sich zurück, legte die Hände hinter den Kopf und schloss die Augen. In dieser Position verharrte er fast eine Minute lang.

Ich stand einfach nur da. Als es mir zu bunt wurde, beugte ich mich hinunter und schnippte mit dem Finger vor seinem Gesicht.

„Hallo? Eingepennt?"

Nichts. Regungslos saß der Junge auf dem Stuhl.

„Rocky", sagte er plötzlich mit kindlicher Begeisterung, öffnete die Augen und zeigte auf ein Regal direkt hinter mir.

„Wie bitte?"

Er stand von seinem Stuhl auf, kam hinter dem Tresen hervor und hinkte an mir vorbei. Erst da bemerkte ich, dass sein linkes Handgelenk angewinkelt war und die Finger in einer Spitze zusammengeführt waren, als versuchte er, einen Schwan darzustellen, der jeden Moment auf dem Boden nach Krümel picken könnte. *Kinderlähmung*, vermutete ich. Mit der anderen Hand wühlte er sich blitzschnell durch eine Reihe von DVDs.

„Ein russischer Boxer prügelt bei einem Schaukampf Rockys besten Freund zu Tode … Sie kennen doch Rocky, oder?"

„Wer kennt ihn nicht?"

Der Junge holte eine DVD heraus und hielt sie mir vor die Nase. „Rocky beschließt, den Tod seines Freundes zu rächen. Obwohl er gar nicht in Form ist, fordert er den Russen heraus und reist dann nach Russland, um in einer verschneiten Landschaft brutalstmöglich für den Boxkampf zu trainieren."

Ich nahm die DVD in die Hand. Das Cover von *Rocky IV* zeigte einen aus dem Bauch heraus agierenden Boxer mit einer amerikanischen Flagge um die Schultern.

„Trainieren, sagten Sie?"

Der Junge humpelte zu seinem Schreibtischstuhl zurück. Im Gehen riss er mir den Film aus den Händen. „Natur pur", fuhr der Junge fort. „Rocky verlangt sich einiges ab. Laufen durch kniehohen Schnee, sich an Deckenbalken hochziehen, Steine schleppen, Baumstämme heben, Holz hacken."

„Holz hacken?"

„Klar. Rocky bringt seinen ganzen Körper mit Hilfe der Natur in Topform, nur um stark zu werden. Übungen, die ein Normalsterblicher niemals schaffen würde."

Die Natur konnte grausam sein, dachte ich. Überall lauerten Raubtiere. Vielleicht musste ich selbst zum Raubtier werden. Zu einem stärkeren Raubtier. Wie Rocky.

Ohne zu fragen, ob ich die DVD haben wollte, scannte er den Barcode. Mit einer schnellen Bewegung drehte er den EC-

Kartenscanner zu mir. „Neun Euro insgesamt. PIN, nehme ich an?"

„Wer sagt denn, dass ich den Film nehme?"

Überrascht drehte er sich zu mir um. „Wissen Sie, die Summe unserer Entscheidungen bestimmt unser Leben. Aber es sind nicht nur die Entscheidungen, die ausmachen, wer wir sind, sondern wie beharrlich wir an Ihnen festhalten. Sie wollen die DVD. Das erkenne ich an dem winzigen Glitzern in Ihren traurigen Augen. Außerdem sind Sie mein erster Kunde des Tages. Gönnen Sie mir den Spaß. Ich meine, die Beratung war doch top, oder?"

Beeindruckt von dem Jungen, fischte ich einen zerknitterten Zehneuroschein aus meiner Manteltasche und legte ihn auf den Tresen.

Der Junge warf einen Blick auf den Schein, nickte und nahm Kleingeld aus der Kasse.

„Mit einem Euro für den Fährmann. Nicht, dass Sie ihn aus Versehen verschlucken."

„Wie bitte?"

Ein Lächeln erschien auf dem Gesicht des Jungen. „Es ist eine alte Sage. Egal. In drei Tagen ist der andere Film da. Ich habe ihn trotzdem bestellt. Irgendetwas sagt mir, dass ich Sie bald wieder hier begrüßen darf."

Auf dem Rückweg fuhr ich erneut am Ferienpark vorbei, um den Feldweg zu finden. Dadurch konnte ich mir eine Fahrt durch den Irrgarten sparen.

Die Worte des Jungen gingen mir nicht aus dem Kopf.

Einen Euro für den Fährmann ...

Ich hatte den Jungen schon verstanden, aber wie kam er darauf?

Der griechischen Mythologie zufolge brachte ein düsterer Fährmann die Toten in einem Boot über den Totenfluss – zum Eingang des Hades. Auf die Fähre des unbestechlichen Fährmannes durfte nur, wer die Begräbnisriten empfangen hatte und wessen Überfahrt mit einer Geldmünze, dem sogenannten *Obolus*, bezahlt worden war. Diese Münze legte man dem Toten unter die Zunge, damit er Aufnahme in der Unterwelt fand.

Ich aber würde niemals eine Münze unter Moreaus Zunge legen, denn der Fährmann verwehrte unbestatteten Toten ohne Obolus die Überfahrt, sodass sie hundert Jahre am Ufer des Flusses als Schatten umherirren mussten, bevor sie im Hades Aufnahme fanden.

Manche erwartete dort eine ewige Strafe.

AMEN

„Nun, das sind jede Menge persönliche Erfahrungen …" Durand schwieg, und die Stille wog schwer wie Blei. Sein Blick glitt über uns Lehrer, ich bildete mir ein, dass er für einen Moment bei mir innehielt. Oder war es eine der fragwürdigen Wahrnehmungen, die mich neuerdings immer wieder heimsuchten?

Er räusperte sich. „So wichtig ich es auch finde, dass jeder seine Meinung vorträgt, so ist es an der Zeit, jetzt eine Entscheidung zu treffen."

Er drehte uns den Rücken zu und schrieb in zierlichen Buchstaben *Ja* und *Nein* an die Tafel. „Fürs Protokoll: Wir stimmen darüber ab, ob Baptist Moreau nach den Sommerferien in der *Mixted Public École* wieder willkommen ist." Er klopfte mit der Rückseite des Stifts zweimal auf das Wort *Nein*. „Der Vollständigkeit halber erwähne ich noch, dass Baptist das Recht hat, das Schuljahr zu wiederholen oder sich herunterstufen zu lassen. Hier geht es ausschließlich darum, ob das hier an der *Mixted Public École* geschehen kann. Wenn Sie der Meinung sind, dass es besser für Baptist wäre …"

„Du meinst *besser für uns*", unterbrach Manfred Hesse, mein Chemiekollege.

Durand ignorierte diese Bemerkung. „… nach den Sommerferien eine andere Schule zu besuchen, bitte ich um eine entsprechende ehrliche Stellungnahme. Unser Beschluss wird schriftlich festgehalten, und natürlich sprechen wir danach mit den Eltern von Baptist. Wie bei jedem anderen Schüler."

Durand gestikulierte nervös in Richtung Paul Moreau, der auf einer Schulbank saß und auf den Boden starrte. Er ähnelte kaum mehr dem Mann, der mir vor Monaten begeistert das Buch angeboten hatte.

Moreau und Durand tauschten einen kurzen Blick aus. „Dann werden wir mit Paul und seiner Frau sprechen. Ich denke, es wäre eine gute Idee, wenn wir auch Ratschläge geben könnten, welche Schule geeignet wäre für …"

Die restlichen Worte entgingen mir. Ich schaute Moreau an, und plötzlich tat mir der Mann entsetzlich leid, der sich eine Stunde lang, aber auf eigenen Wunsch, die Verfehlungen seines Kindes anhören musste. Ich spürte, dass nun der Moment gekommen war, in dem ich etwas zurückgeben konnte. Alles drängte mich danach, etwas für Paul zu tun. Meine Anwesenheit bei diesem Treffen war nicht zufällig, ich war mit einer Mission hierhergekommen, das wurde mir mit einem Mal klar. Ich stand auf.

Durand verstummte, die Köpfe drehten sich in meine Richtung. Moreau zog überrascht eine Augenbraue hoch, und Durand zeigte mit dem Marker auf mich. „Jules hat das Wort. Was möchtest du uns sagen?"

Mehrere Köpfe drehten sich in meine Richtung, die Blicke finster fragend, und auf einmal kam ich mir lächerlich vor. Viele Kollegen hatte ich seit Monaten nicht mehr gesehen. Einen Moment lang erwog ich, mich ohne ein Wort wieder hinzusetzen, aber das erschien mir dann noch lächerlicher.

„Ich bin mir bewusst, dass ich mich zu Pauls Sohn überhaupt nicht äußern kann", begann ich, „da ich ihn nie im Unterricht erlebt habe. Aber jetzt, wo ich all diese Geschichten gehört habe, kommt mir ein Gedanke in den Sinn, den ich gerne mit euch teilen möchte, bevor wir eine so folgenschwere Entscheidung fällen."

Zwei Kollegen flüsterten sich etwas zu, einer schüttelte den Kopf. Ein spöttisches Lächeln umspielte seine Lippen. „Aus euren Schilderungen geht eindeutig hervor, dass Baptists Verhalten in keiner Weise toleriert werden kann, an *keiner* Schule. Er muss bestraft werden, wenn wir nicht das Gesicht verlieren wollen." Der Kollege, der mit dem Kopf geschüttelt hatte, nickte unverhofft. Sein Nachbar hörte nun auch mit Interesse zu. Das Stirnrunzeln zwischen Moreaus Augenbrauen war tiefer geworden.

„Aber diese Strafe muss *hier* verbüßt werden. Nur dann wird diese Angelegenheit eine Lernerfahrung für Baptist sein. Ansonsten wird er glauben, über uns triumphiert zu haben. Wenn wir ihn ausschließen, senden wir zudem das Signal nach außen, dass wir an der *Mixted Public École* nicht imstande sind, einem verirrten Schüler den richtigen Weg zu zeigen. Ich denke, das wäre ein Zeichen von Inkompetenz *und* Schwäche. Wir sollten uns auf unsere Berufung besinnen, auf unser tief verwurzeltes Bewusstsein, dass wir Verantwortung für die Jugend tragen. Strenge ist dabei wichtig, aber mit ihr allein kommen wir nicht zum Ziel, wir müssen uns selbst auch ein gewisses Maß an Nachsicht, ja an Milde auferlegen."

Mehrere Kollegen stimmten mir mit einem Nicken zu. Moreau zeigte keine Reaktion. Sein Gesicht war nun starr wie eine Maske.

„Ich denke, der Kern unserer Berufung ist die Erkenntnis, dass Schüler Fehler machen, aber sich danach auch weiterentwickeln können. Das macht doch unsere Arbeit so positiv. Selbst für den schwächsten, den störrischsten Schüler verfügen wir über Möglichkeiten. Wir halten für sie zusätzliches Material bereit, bieten Nachhilfestunden an und schenken ihnen mehr Aufmerksamkeit während des Unterrichts. Warum tun wir das? Weil beim Unterrichten Menschen geformt werden, und wir dem Schüler große und kleine Chancen bieten sollten, um ihm den besten Start ins Leben zu ermöglichen, auch wenn es noch so schwer ist!"

Zu meiner Linken murmelte jemand: „Jules hat recht."

„Wenn wir Baptist abweisen, dann zeigt sich die *Mixted Public École* als ohnmächtig und unfähig, Chancen für jeden zu bieten. Seien wir doch ehrlich: Wir alle waren bisher nicht in der Lage, diesen Jungen zu lenken, obwohl gerade wir dazu in der Lage sein sollten. So gesehen haben wir auch nicht besser abgeschnitten als Baptist. Wenn wir an unserem Standpunkt festhalten und ihn von der Schule werfen, ist das eine Bankrotterklärung für unsere Berufung."

Aus den Augenwinkeln sah ich, wie Moreau die Arme verschränkte und an die Decke starrte.

Ich versuchte, seine Gedanken zu fassen, hörte in meinem Kopf jedoch nur sein stilles *Amen.*

„Ich sollte dir danken, Jules", sagte Moreau.

Er hielt mir vor seinem Büro die Hand hin und streckte den Arm übermäßig weit aus, sodass er mich zwang, einen Schritt zurückzutreten, als ich die Hand nahm. War das beabsichtigt? Sicher. Ich kannte meinen Vorgesetzten zu lange, um nicht zu wissen, dass er verschlagen war und nichts ohne Grund tat.

„Vielen Dank!" Seine Stimme schien in seiner Kehle zu verharren, und seine Hand fühlte sich ungewöhnlich kalt an.

Einen Moment lang trafen sich unsere Blicke. Moreaus Augen waren stumpf, der Brennpunkt lag hinter der Netzhaut, irgendwo tief in seinem Gehirn. War es wirklich aus Demut, aus Dankbarkeit über mein Verhalten in der letzten Viertelstunde? Aber eigentlich sollten seine Augen doch leuchten angesichts der unerwarteten Entwicklung um seinen Sohn. Oder waren seine Gedanken gar nicht bei Baptist, sondern bei einer anderen Person? Bei der Frau, die ich besser als jeder andere zu kennen glaubte? Dachte Moreau an den Funken, der zwischen ihnen übergesprungen war? Der Gedanke erschreckte mich, aber vielleicht war das auch nur wieder eines meiner Hirngespinste.

Gern geschehen, wollte ich antworten und: *Ich bin froh, dass ich etwas für dich tun konnte.* Aber da zog Moreau seine Hand zurück.

„Durand und ich haben uns gerade darauf geeinigt, dass du im nächsten Schuljahr Baptists Mentor sein wirst, Jules. Aufgrund deiner Argumentation bekommt er im kommenden Schuljahr eine letzte Chance. Du scheinst die richtige Person zu sein, um ihn zu begleiten. Unsere Hoffnung ruht auf dir, wenn ich das so sagen darf."

Er drehte sich abrupt um und schlug die Tür hinter sich zu. Der Knall hallte in meiner Brust nach. Durch das Glas sah ich, wie Moreau hinter seinem Schreibtisch Platz nahm, auf den Bildschirm starrte, ohne die Tastatur zu berühren, und dann – fast unmerklich – einen Blick in meine Richtung warf, ohne den Kopf zu drehen. Es hatte etwas Beängstigendes, und ein eisiger Schauer lief mir den Rücken herunter.

In der freien Wildbahn waren die Weibchen oft weit grausamer als ihre männlichen Artgenossen. Doch das diente normalerweise dem Schutz der eigenen Familie, von Moreau aber ging eine aggressive Grausamkeit aus.

Das Nest zu verteidigen war unser ältester und zugleich stärkster Instinkt. Das war nun meine Aufgabe.

Meine Tochter radelte mir auf der Auffahrt entgegen, Malin eilte ihr hinterher, eine Hand besorgt nach ihr ausgestreckt. Lilou trat leidenschaftlich in die Pedale und schlängelte ihr Fahrrad kreuz und quer über die sandige Auffahrt. Sie starrte angestrengt auf das Lenkrad. Ihr Körper hatte Mühe, das Rad im Gleichgewicht zu halten.

„Papa, schau mal, ich kann Fahrrad fahren", rief sie mir zu. Sie beschleunigte ein wenig, und zwei Sekunden später rollte das Vorderrad über einen Stein. Das Lenkrad kippte weg. Lilou fiel nach vorne und fing sich mit den Händen auf der sandigen Auffahrt auf. Der kleine Körper krümmte sich und blieb einen Moment liegen. Ich erwartete einen Schrei, gefolgt von Schluchzen, aber Lilou blieb still. Ich rannte zu ihr.

Malin blieb erschrocken stehen.

Als ich neben Lilou ankam, stand mein Mädchen schon wieder auf, den Helm schief auf ihrem kleinen Kopf und mit Sand in ihrem verschwitzten Gesicht.

„Hast du gesehen, dass ich Fahrrad fahren kann, Papa?" Sie lächelte mich voller Stolz an und wischte sich Sandkörner und Kieselsteinchen vom Arm. „Jetzt bin ich hingefallen, aber vorhin ging es doch richtig gut, oder?"

„Hast du Schmerzen, Kleines?" Ich wischte ihr den Sand von der Wange.

Sie schüttelte den Kopf, machte einen Schritt zurück, nahm das Fahrrad und fuhr auf unser Haus zu.

„Puh, das war knapp", seufzte Malin. „Ich mache mir ein bisschen Sorgen, diese Straße vor unserem Haus … Ich betrachte sie mittlerweile mit anderen Augen. Wie schnell hier alle unterwegs sind. Puh!"

Ich zuckte mit den Schultern. „Lilou weiß doch, dass sie nicht zur Hauptstraße darf. Du siehst ja heute sehr schick aus, Malin. Hast du dich verabredet?"

Meine Frau ignorierte meine Frage und warf mir einen seltsamen Blick zu. „Darf Moreau bleiben?"

Moreau … Wie sie den Namen aussprach, klang es fast wie eine Liebeserklärung. Warum fragte sie mich das als Erstes? Warum nannte sie ihn nicht Baptist? War ich das Opfer einer trügerischsten Unschuld? Oder waren all diese Gedanken nur Vorzeichen einer unheilbaren Eifersucht?

Hast du dich verabredet? Ich hatte es voller Scham gesagt, wie unter einem inneren Zwang, aus haltloser Wut, aber auch weil ich litt. Es kam aus dem Bauch heraus, und dann, ganz plötzlich, brach es mir aus dem Brustkorb. Wie ein Schrei der Verzweiflung.

Ich sah sie an. Es war ihr Duft und ihre neue Bluse, vermutlich aus Seide, jedenfalls aus einem sehr weichen Stoff, der über die Wölbung ihrer schönen Brüste fiel. Ein blumiger Duft, vielleicht Magnolie, und sinnlich dazu. Der Duft ging von ihrem schlanken Hals aus, den eine Perlenkette schmückte, mit der ihre Finger nervös spielten. Tausend Erinnerungen gingen mir im Kopf herum, und ich dachte, dass nicht nur die Schönheit im Auge des Betrachters liegt, sondern auch die Gerechtigkeit. Wo manche ein unschuldiges Opfer sahen, erblickten andere die Verkörperung des Bösen, die Strafe verdiente. Amen.

DIE GRAUE WAND

„Aufwachen!"

Ich hätte schwören können, dass mir jemand diese Worte ins Ohr brüllte, aber als ich endlich aufwachte, war das Wohnzimmer von Maison Artemis leer. Der Laptop lag aufgeklappt auf dem Boden, neben ihm das Whiskeyglas, und auf dem Tisch stand die halb volle Flasche Johnnie Walker, direkt neben dem Block, auf dem ich mir Notizen gemacht und vorsichtshalber ein Erklärungsschreiben an meine Eltern verfasst hatte.

Das bisschen Morgenlicht, das durch die Fenster fiel, brannte in meinen Augen, meine Kehle war wund, meine Zunge trocken wie Fensterleder, und meine Stirn pochte, als ob eine Springflut gegen die Innenseite meines Schädels prallte.

Ich musste gestern Abend bei *Rocky IV* eingeschlafen sein. An die letzten wachen Momente konnte ich mich nicht mehr erinnern. Ich hatte mir den Film mit einem Laptop auf dem Schoß angesehen und auf dem Notizblock alle Übungen notiert, die Rocky machte. Die Art und Weise, wie sich der Boxer in den russischen Bergen auf seine Revanche vorbereitete, gab mir Zuversicht. Es war bodenständiger als bei Sam. Keine Waffen, Handgranaten oder Butterfly-Messer. Rocky Balboa nutzte, was die Natur ihm schenkte, um sich fit zu machen fürs große Finale.

Seufzend kam ich hoch. In meinen Rücken und Nacken bohrten sich die Dornen des Schmerzes. Ich taumelte zum Fenster, während ich mir den Schlaf aus den Augen rieb. Die Wolken waren vom Himmel gefallen. Ich konnte kaum drei Meter weit sehen. Die Welt hörte hinter der Veranda auf. Eine graue Wand, die ständig in Bewegung schien, versperrte mir die Sicht.

Ständig war dieser nervige Störton in meinem Kopf, schwach zwar, gedämpft durch den inneren Nebel, der mir klarmachte, dass übermäßiger Alkoholkonsum meiner Rache nicht gerade förderlich sei.

Ich hatte von Moreau geträumt, ihn herumgewirbelt, um ihn zu schlagen. Meine Finger gruben sich in den fleischigen Arm dieses Scheißkerls, ballten sich um die Gliedmaße herum zur Faust und rissen heftig daran. Das Knacken des brechenden Knochens war ungeheuer laut gewesen. Es hallte in meinem Kopf nach, und ich genoss die Qual in Moreaus Augen, aus denen ich Reue herauszupressen versuchte. Dann hatte das herrliche Knacken den Nebel in meinem Hirn beiseitegefegt, sodass ich aus dem Schlaf aufgeschreckt war, noch immer ein Lächeln auf den Lippen. Und nun hing der Nebel dort draußen, als wäre er aus meinem Kopf gequollen.

Mühsam riss ich den alten, knarzenden Fensterrahmen auf. Die Temperatur war um ein paar Grad gesunken. Nur die salzige Seeluft verriet, dass die Welt weiterging hinter der grauen Wand. Mein Körper fühlte sich unruhig an, und in meiner Speiseröhre sprudelte die Magensäure wie ein Geysir.

Ich ging in die Küche und setzte einen Kessel auf. Hier roch es nach Schimmel und abgestandenem Wasser, nach Handtüchern, die nass zusammengefaltet worden waren und wochenlang in einem Wäschekorb gelegen hatten.

Gestern Abend hatte ich alle Lebensmittel auf der Arbeitsplatte liegen lassen, weil der dunkle Kühlschrank nicht funktionierte. Glaubte ich zumindest, denn jetzt stellte ich fest, dass nur der Strom abgeschaltet war. Ein Handgriff in den Zählerkasten, und es wurde Licht. Die Welt war wieder in Ordnung – zumindest in Maison Artemis.

Ophelia hätte mir das bei der Schlüsselübergabe sagen können. Ich sollte zur Rezeption gehen, um mich über dieses Haus und die mangelnde Aufklärung zu beschweren. Aber was wäre, wenn mich plötzlich jemand erkannte, weil die Zeitung oder ein Fernsehsender mein Bild gebracht hatte … Das wäre das Ende meiner Vergeltung. Ich war gestern schon ein viel zu großes Risiko eingegangen, indem ich den Supermarkt und die Videothek betreten hatte.

Weil es mir so ungeheuer wichtig war, nicht zu versagen, hatte ich mich dem Rocky-Streifen hingegeben, dabei zu viel getrunken und alles vermasselt.

Als ich das erste Mal wieder zu mir gekommen war, lag ich mit den Passfotos von Malin und Lilou in der Hand auf dem Fußboden und weinte still. Ich war mir klar darüber, dass ich mich idiotisch benahm und alles gefährdete, was ich geplant hatte. Mein ganzes Verhalten war impulsiv und nicht wirklich durchdacht. Ich war schlecht vorbereitet. Und wenn mein Gesicht auch noch im Fernsehen gezeigt wurde, wenn mein Bild in den Zeitungen erschien, dann …

Ich musste mich bis Dienstag von allen Menschen fernhalten.

Dabei hätte mein Leben ganz normal verlaufen können. Hätte ich mich an entscheidender Stelle anders entschieden, gliche meine Biografie heute nicht der eines Amokläufers, dessen Familie auf tragische Weise ums Leben gekommen war.

Aber war es wirklich meine Schuld gewesen? Hatte nicht ab einem bestimmten Punkt jemand Macht über mich gewonnen? War ich überhaupt noch dazu in der Lage gewesen, meine Wahrnehmung in die richtige Bahn zu lenken und mein Leben zu meistern?

Ich wusste es nicht.

Aber eines wusste ich: Jetzt war mein ganzes Dasein schal und belanglos. Wenn ich ganz ehrlich war, hatte ich schon immer unter Menschen gelebt, die mich nicht wirklich wahrnahmen und die ich nicht verstand. Ich war mir schon vor meinem Zusammenbruch wie ein Fremder vorgekommen. Aber damals hatte es noch Hoffnung gegeben. Heute existierte ich nur noch, weil ich mich dazu zwang weiterzumachen. Ich musste mich damit abfinden, dass ich nur noch dazu da war, um meine Mission zu erfüllen.

Ich schlug zwei Eier über einem Glas auf und schwenkte die Mischung ein paarmal um. Die richtige Ernährung war wichtig, um schnell Muskelmasse aufzubauen und neue Kräfte zu entwickeln. Ich meinte mich zu erinnern, dass rohe Eier dafür perfekt wären. Ich setzte das Glas an meine Lippen, atmete tief ein und stürzte seinen Inhalt wie einen Zaubertrank in einem

Schluck hinunter, während der Wind durch das eingeschlagene Fenster heulte.

Sekunden später übergab ich mich, gleichzeitig flackerte eine Erinnerung auf …

Als der Hubschrauber abhob, half mir eine Polizistin auf. „Wir begleiten Sie ins Krankenhaus, Monsieur Lefèvre." Ihre Stimme klang warm und verständnisvoll. „Ihre Tochter wird in die Universitätsklinik nach Caen geflogen. Mein Kollege und ich werden Sie jetzt auch dorthin bringen." Sie zeigte auf das Polizeifahrzeug, das weiter unten am Straßenrand stand.

Ich nickte und drehte mich noch einmal zu der Stelle um, an der meine Tochter gelegen hatte. Und plötzlich sah ich ihn …

Ein Kollege der Polizistin war von dem Anblick des Unfallortes erschüttert und starrte die rot-weißen Streifen auf dem Pflaster an, ohne dem Mann Beachtung zu schenken, der ein paar Meter hinter ihm stand: Moreau.

Einen Moment überlagerte der Anblick von Lilou wieder das leere Pflaster. Es war die in Blut gemalte Ausgeburt eines wahnsinnigen Hirns gewesen, das surreal gezeichnete, von Entsetzen und Schmerz verzerrte Gesicht eines kleinen Mädchens, ihr Mund zu einem Schrei geöffnet, ihr Schädel gespalten. Ein scharfer, schneidender Schmerz hatte mich in immer kürzeren Abständen durchfahren, und mehrere Male hatte ich laut geschrien.

Moreau. Er lehnte lässig an einer Mauer, und als sich unsere Blicke trafen, hob er langsam sein Kinn. „Das hast du nun davon", sagten seine Augen. „Ich habe dich gewarnt." Nicht weit von ihm entfernt stand ein Scooter, wie Baptist einen besaß …

In diesem Moment ging der junge Polizist an mir vorbei, und eine rote Wolke der Wut schaltete meinen Verstand aus. Ich griff ihn so fest am Kragen seiner Uniform, dass er fast stürzte. Mit einer Bewegung packte er meinen Arm und drehte ihn blitzschnell auf den Rücken. „Beruhigen Sie sich, Monsieur Lefèvre!"

Ich versuchte, mich loszureißen, aber je heftiger ich mich ihm widersetzte, desto fester wurde sein Griff. Der Schmerz schoss in meine Schulter.

„Sind Sie blind, Sie Idiot?", schrie ich ihn an. „Er hat es getan!" Und ich zeigte mit meiner freien Hand auf die Mauer, aber der Scooter ratterte bereits davon.

„Wir fahren Sie jetzt zu Ihrer Tochter. Ich verstehe, dass Sie mit den Nerven am Ende sind, aber bitte steigen Sie ein."

Ein stilles Nicken, und der Polizist lockerte seinen Griff …

Obwohl meine Beine schwach waren und mein Magen noch immer rebellierte, schlüpfte ich in meinen Jogginganzug. Heute stand der Beginn meines Trainings auf dem Programm.

Ich zog mich im Wohnzimmer um. Auf dem Weg nach draußen blieb ich vor dem Spiegel im Flur stehen und blickte in ein Gesicht, das kaum Ähnlichkeit mit meinem eigenen, früheren aufwies. Noch immer waren meine Augen wolkengrau, aber mein Mund war verzerrt und meine Haut fahlweiß und die tiefen Ringe unter meinen Augen dunkel gefärbt.

Ich nickte mir aufmunternd zu, lockerte die Schultern, sprintete auf der Stelle, machte ein paar Sprünge, verteilte Lufthiebe an mein Spiegelbild und wich den Schlägen aus, die ich zurückbekam. Dann ging ich noch ein paarmal in die Knie, machte noch zwei Sprünge, und als ich wieder stillstand, war ich völlig außer Atem.

Der keuchende Mann im Spiegel hatte Panik in den Augen, und ich brach in Gelächter über die Absurdität des Ganzen aus.

Denk an deine Mission, Jules! Moreau muss dran glauben. Daran ist nichts lustig. Konzentrier dich! Du versaust es noch, Kumpel.

Ich schlug mir ein paarmal mit der flachen Hand ins Gesicht, während ich mein Spiegelbild betrachtete. Ich schlug immer fester zu, bis sich meine Wangen rot färbten und meine Haut kribbelte. Ich nahm mir vor, ab sofort jede Trainingseinheit mit ein paar festen Schlägen in mein Gesicht zu beginnen. Vielleicht würde ich sogar einen Fausthieb versuchen, um den unerwarteten Schlägen des Gegners widerstehen zu können, falls ich mich verschätzte und meine Hände nicht sofort um das Fleisch seiner Kehle legen konnte.

Moreau war groß. Ich musste ziemlich nah an ihn herankommen, um ihn an der Kehle packen zu können. Meine Hände waren klein, sein Hals aber muskulös. Wie lange musste ich seine Kehle würgen, bis sein Körper zusammenbrechen würde? Wie kräftig musste ich mit meinen Daumen zudrücken? Konnte ich in einer Woche stark genug werden, um seine angespannten Nacken- und Halsmuskeln zu besiegen?

Malin hatte einmal gesagt, dass Wut und Angst die besten Waffen seien. Beide waren meine ständigen Begleiter, aber ich durfte mich nicht auf sie verlassen. Wenn man den Weg der Vergeltung gewählt hatte, war die größte Angst, dass die Rache misslingen könnte. Also durfte ich nichts dem Zufall überlassen.

Ich nahm das Foto von Moreau, das ich von der Schulwebsite heruntergeladen hatte, aus der Wochenendtasche und schob seine selbstgefällige Visage in die Ecke des Spiegelrahmens, genau wie Rocky es getan hatte. In die andere Ecke steckte ich die Passfotos von Lilou und Malin. Meine Frau und meine Tochter hatten das gleiche herzliche Lächeln, die gleichen unergründlichen Augen. Mit dem Zeigefinger glitt ich sanft über die Aufnahmen. Dann wandte ich meinen Blick wieder Moreau zu und ballte meine Hände zu Fäusten. Meine Muskeln spannten sich an. Dieser Drecksack hatte mir alles genommen, eiskalt mein Leben ruiniert.

Bald würde ich etwas Wundervolles sehen: wie Moreaus Körper erschlaffte, nachdem meine Hände seine Kehle umschlossen hatten. Ich würde die immense Angst spüren, wenn sein Adamsapfel unter dem Druck meiner Finger zappelte, und meine Hände würden ihn paralysieren wie eine Schlange ihre Beute. Moreaus Hände würden in einem letzten Versuch meine umklammern und versuchen, sich loszureißen.

Ich ging in die Küche, um den Teekessel auf die hintere Flamme zu stellen, damit das Wasser bei schwacher Hitze kochte.

Moreau würde mit seinem letzten Atemzug nur mehr ein Quieken herauspressen.

Ich ließ einen Teebeutel in meine Keramiktasse plumpsen und goss bis zur Hälfte heißes Wasser darauf.

Ich würde ihn töten, ohne Gewissensbisse, ohne Zweifel, sogar lächelnd, wenn es denn möglich war.

VERDAMMT

Wie lange er mich schon angesehen hatte, wusste ich nicht, aber als ich von meiner Unterrichtsvorbereitung aufblickte, stand er in der Tür und lehnte sich gegen den Türrahmen. Die Hände in den Taschen seiner Jeans, die Beine gekreuzt. Seine Haut hatte sich in den Sommerferien stark gebräunt. Er war genauso groß und robust wie sein Vater, und auch er absorbierte das Licht wie eine dunkle Wolke die Sonnenstrahlen. Sie hatten dasselbe wellige Haar, und beide hatten einen stämmigen Hals und ein kantiges Gesicht. Aber der Blick in ihren Augen war entschieden anders. Statt des sympathischen, aber herrischen *Ich habe das Sagen*-Blicks seines Vaters hatte Baptist einen *Ich lasse mir nichts vor-schreiben*-Blick. Der Junge strahlte eine solche Negativität aus, dass ich erschrak, so wie mich einst in meinem ersten Jahr als Lehrer die schwer fassbare Dynamik einer ganzen Klasse er-schreckt hatte. Es war die schmerzliche Erkenntnis, dass ich kaum in der Lage sein würde, dieses Ungetüm zu bändigen. Schüler hatten ein ausgeprägtes Gespür für Panik und fühlten sich davon geradezu angestachelt. Es war wie der Beginn eines Krieges.

Ich sah aber auch noch etwas anderes in dem Jungen, das je nach Tageszeit unterschiedlich war: das lange Alleinsein in die-ser Welt, die viel zu groß war für einen Jugendlichen. Ich sah das Aufwachen an einem lieblosen Morgen, die Mattigkeit, das dif-fuse Halbdunkel, die seelische Ohnmacht, die den Jungen jedes Mal befiel, wenn er seinen Vater begrüßte. Ich sah die Ablehnung in der Schule seitens der Lehrer und der Schüler, die einsamen Nachmittage ohne Freunde, die freudlosen Stunden, in denen die elterliche Wohnung vollkommen leer war. Und schließlich die Stille am Abend, wenn er allein in seinem Zimmer seiner Wut beim Computerspielen ein Ventil gab und am Ende spät einschlief, sich vielleicht gar zum Raunen der Nacht in den Schlaf weinte. Ich sah all das, wovon Paul Moreau keinen blassen Schimmer hatte.

„Hey", sagte Baptist Moreau.

Ich kam hinter meinem Schreibtisch hervor und hielt dem Jungen die Hand hin. „Du musst Baptist Moreau sein."

Sein Händedruck war mehr als fest, und als Antwort drückte ich kräftig zurück. Ich bereute es sofort. Ein fröhliches Funkeln blitzte in seinen Augen auf.

„Bonjour, Monsieur Lefèvre." Der Junge nahm mein Klassenzimmer kurz in Augenschein und ließ seinen Blick über die Zeitleiste wandern, die sich über die gesamte Länge des Raumes erstreckte. Dann stapfte er an mir vorbei zum Fensterbrett, auf dem eine Ausgabe der *Schachnovelle* von Stefan Zweig lag. Er schnappte sich das Buch und begann es durchzublättern. „Können wir ein Fenster öffnen? Hier stinkt es", sagte er, ohne aufzublicken.

„Ich habe gerade zwei Stunden lang unterrichtet."

Verdammt, warum ging ich schon jetzt in die Defensive? Bedeutete Milde im Alltag mehr oder weniger dasselbe wie Unterwerfung? Warum hatte ich Baptist nicht einfach zugestimmt und einen lockeren Witz gemacht? Jedes Klassenzimmer miefte am Ende des Tages. An den Bänken hatten pubertierende Teenager gesessen. Schweißausdünstungen, billige Deodorants, zu lang getragene Jeans, ungewaschene Haare und Kleidung, die die heimischen Essensgerüche verbreiteten, wurden ins Klassenzimmer getragen. Es dauerte in der Regel bei gekippten Fenstern eine Nacht, um die Luft mit genug Sauerstoff zu sättigen und die Gerüche zu neutralisieren. Ich entspannte mich wieder und atmete tief durch die Nase.

Baptist schaute von der *Schachnovelle* auf und schniefte ein paarmal verächtlich. „Ganz schön widerlich, dieser hartnäckige Klassengestank. Ist Rülpsen und Furzen hier Volkssport?" Mit der freien Hand riss er ein Fenster auf. Dann wandte er seine Aufmerksamkeit wieder dem Buch zu.

„Setz dich doch!" Ich deutete auf den kleinen Tisch gegenüber meinem Schreibtisch. „Es ist gut, dass du vorbeikommst, denn wir …"

Baptist klappte die *Schachnovelle* mit einem lauten Knall zu und warf das Buch auf meinen Schreibtisch. Es landete auf dem Stapel Tests, die ich für den nächsten Tag vorbereitet hatte. Er lächelte kurz. „Sie sind also der *Giftzwerg* aus Plumetot? Woher haben Sie diesen Spitznamen? Weil Sie leicht reizbar sind? Oder weil sie vertikal benachteiligt sind?"

Die Frage kam so unerwartet, und nichts hätte mich schwerer treffen können. Es war, als hätte er mir ein Messer in die Brust gestoßen, und ich musste erst einmal verarbeiten, dass dieser Spitzname gefallen war.

Baptist hatte recht. In der Vergangenheit war ich oft verbissen gewesen und hatte eine kurze Zündschnur gehabt, wenn die Schüler dem Unterricht nicht diszipliniert folgten. Manchmal packte mich eine unsägliche Wut. Sie beschwerten sich oft über das altmodische Regime, das ich in einer immer fortschrittlicher werdenden Zeit führte, und weil ich meine Verärgerung über ihr Gejammer nur schwer verbergen konnte, gaben sie mir schon bald den Spitznamen *Giftzwerg*. Das war vor meinem Zusammenbruch gewesen und hatte mich nicht gestört, aber jetzt, nachdem ich Moreaus Buch gelesen hatte, traf es mich plötzlich, diesen Namen erneut zu hören. Dieser Spitzname schlug eine Brücke zu einer Zeit, mit der ich abgeschlossen hatte.

Ich zuckte mit den Schultern und lächelte. „Früher, vielleicht. Heutzutage bin ich viel entspannter. Ich urteile nicht mehr so schnell."

Baptist schenkte mir ein spöttisches Lächeln. „Sie hören sich an wie mein Vater." Der Junge ging zum Tisch und schob den Stuhl zurück, nahm aber nicht Platz. Er stellte seinen rechten Fuß auf den Stuhl und band die Schnürsenkel seines Armeestiefels zu. „Im Schülerportal steht, dass Sie in diesem Jahr mein Mentor sind und dass ich mich diese Woche bei Ihnen für eine Einführung melden soll."

„Das ist richtig. Prima, dass du dich hier ein…"

„Ich brauche keinen Mentor", unterbrach mich Baptist, befeuchtete die Spitze seines Zeigefingers und entfernte eine Unebenheit von der glänzenden Schuhnase.

„Jeder Schüler hat einen Mentor, Baptist."

Baptist stellte den anderen Schuh auf den Stuhl und wickelte seine Finger um die Schnürsenkel. Während er den Stiefel zuschnürte, drehte er sich zu mir um und warf mir erneut dieses spöttische Lächeln zu. „Entschuldigen Sie mich, ich habe jetzt ein Date mit meinem Scooter. Und ich werde hier auch nicht mehr auftauchen."

„Das wirst du wohl müssen. Wenn du an dieser Schule bleiben willst, dann …"

„Wer sagt denn, dass ich an dieser Scheißschule bleiben möchte?"

Eine eisige Stille trat ein, und es gab keine Zeichen, die mir sagten, dass Baptist einen Scherz machte, dass seine Dreistigkeit gespielt war.

Ich kannte das: Die verrücktesten Schüler waren die, die zunächst völlig normal erschienen. Der Wahnsinn war listig. Gerade Schüler, die anscheinend ohne die geringste Sorge lebten, befiel er als Erste. Baptist Moreau war ein solcher Jugendlicher. Das war mein Verhängnis.

Ich räusperte mich. „Wie auch immer, wir sind aufeinander angewiesen. Dazu wurden wir verdammt."

„Nein, nein, Monsieur Lefèvre. Nicht ich, sondern Sie sind auf mich angewiesen und verdammt!"

Baptist schob die Hosenbeine wieder über seine Armeestiefel und stapfte zur Tür. Kurz bevor er das Klassenzimmer verließ, drehte er sich zu mir um. „Mein Vater zählt auf Sie", zischte er.

„Eine bodenlose Frechheit", zischte meine Frau. „Wie hat Durand reagiert?"

„Ich habe es ihm nicht gesagt. Es war immerhin meine Idee, Baptist auf der Schule zu behalten."

„Bereust du das jetzt?"

Ich schüttelte den Kopf. „Als Moreau mir vor Monaten *Mindmapping der Achtsamkeit* schenkte, bot er mir eine zweite Chance. Die möchte ich seinem Sohn jetzt auch geben."

„Nirgendwo in Moreaus Buch steht, dass man die andere Wange hinhalten soll. Du darfst dir das nicht gefallen lassen. Werde aktiv. Mir gefällt der Gedanke nicht, dass du in alte Muster zurückfallen könntest und bald wieder hier herumhängst."

„Alte Muster?"

„Diese Passivität war doch letztendlich die Ursache für deinen Burn-out."

„Dass ich ausgebrannt war, hatte nur mit der erhöhten Arbeitsbelastung zu tun, mit dem Unvermögen der Schüler und Eltern, mit ..."

„Das glaubst du doch wohl selbst nicht!" Malin war lauter geworden.

„Nun, ich..."

Malin schlug mit der Faust hart auf den Tisch. „Moreau hat dich in eine unangenehme Lage gebracht. Er hätte das nicht tun dürfen, und du darfst dich nicht mit dieser Situation abfinden. Du musst jetzt die Zügel an dich reißen und seinem missratenen Sprössling die Grenzen aufzeigen. Wenn du das nicht tust, dann ..."

„Was dann?"

„Lass es mich so ausdrücken", antwortete Malin mit einer leichten Schärfe in der Stimme. „Ich mag es, wenn mein Mann stark ist."

Mir dämmerte allmählich etwas, ich begriff es erschreckend langsam, und als es zu mir durchdrang, zerplatzten sie wie eine Seifenblase: die Freude, die Schamlosigkeit, die Unbekümmertheit, die Düfte, die Stille, die berauschenden Augenblicke, die Bilder, die Farben und Töne, der Klang ihrer Stimme, ihr Lächeln, die Tränen des Glücks, die Ausgelassenheit, Liebe und Lebenslust unserer ersten Ehejahre.

In den Augen meiner Frau war ich ein Versager.

ES WAR MOREAU

Ich beschloss, trotz des Nebels zu laufen, zog mir die Kapuze meines Jogginganzugs über den Kopf und machte ein paar Sprünge auf der Stelle. Die Dielen der Veranda federten knarrend auf und ab. Wie ein geübter Boxer teilte ich ein paar Faustschläge in die Luft aus, wich den Uppercuts meines imaginären Gegners aus und verpasste dann einem der Pfosten, die das Verandadach stützten, einige Fußtritte.

Danach schmerzten meine Knöchel, aber das war mir egal. Auch Rocky hatte sich während seiner Vorbereitung trotz allerlei Schmerzen durchgebissen, und Sam wurde nach der Hälfte des Films von einem Attentäter brutal zusammengeschlagen und schaffte es dennoch, wieder auf die Beine zu kommen.

Ich lief in den Nebel hinein und fand mich bald auf dem Radweg wieder, der sich durch die Landschaft schlängelte. Auf dem Asphalt lief es sich angenehmer als auf Sand, und die weißen Streifen auf dem dunkelgrauen Weg gaben mir eine Orientierung durch den dichten Nebel.

Ich bin schuld. Hätte ich damals diese Worte am Grab meiner Tochter unausgesprochen gelassen, müsste ich jetzt nicht dem Nebel trotzen …

Malin hatte sich auf dem Friedhof sofort nach diesem Geständnis aus meiner Umarmung gelöst.

„Schuld daran?" Sie zeigte auf den kleinen Sarg. Auf unser kleines Mädchen. Ich schaute ihr in die Augen, suchte nach der Zusicherung, dass sie mir für alles Vergebung anbot, aber da war nichts zu sehen. Beim Blick über ihre Schulter fiel mir auf, dass Malins Eltern uns zuhörten.

Ich nickte und versuchte vergeblich, meine Tränen zurückzuhalten. „Ja, ich bin schuld am Tod unseres Kindes."

Malins Augen huschten aufgescheucht hin und her, konzentrierten sich dann wieder auf mich, und unsere Welt und alles darin veränderte sich. Sie schüttelte den Kopf, trat einige Schritte von mir zurück und suchte Schutz in den Armen ihres Vaters. Ich starrte apathisch in das dunkle Loch und wagte nicht aufzublicken. Nicht einmal, als mein Vater ein paar Gedichtzeilen stammelte.

Ich weinte um Blumen, die in der Knospe bereits verwelkt waren und vor dem Morgen ihre Blüten verlieren würden. Ich weinte um die Liebe, die nicht mehr erblühen konnte, und um mein Herz, das nicht verstanden wurde.

Nach dem Segen des Pfarrers drehte sich Malin um, ging wortlos an mir vorbei. Ihre Eltern folgten ihr, meine Eltern trabten ahnungslos hinterher. Ich wartete, bis alle Trauergäste meiner Frau nachgegangen waren.

Als ich mit meiner Tochter allein war, machte ich einen Schritt nach vorn. Aus dem hintersten Winkel dieser dunklen Holzzelle da unten, aus der Kälte meiner Einsamkeit tauchte die Vergangenheit plötzlich wieder auf. Ich hatte mein kleines Mädchen vor Augen, das noch vor wenigen Tagen in seinem bunten Kleid wie ein blau-rotes Bonbon ausgesehen und mein Leben erhellt hatte. Ein Kind mit langen blonden Haaren und einem mit unschuldigen Sommersprossen besprenkelten Puppengesicht, das riesige Vergissmeinnichtaugen belebten – unbekümmert und oft zerzaust vom Spiel. Ich sah wieder ihre wilden Ausreißversuche im kühlen und feuchten Gras, eine Vierjährige, die, so schnell ihre kurzen Beine sie trugen, in einem großen Garten herumhüpfte. Das war das unbeschädigte Bild meiner Tochter, das mir von der Vergangenheit geblieben war und das ich bewahren wollte. Nicht das Bild von einem Mädchen mit gespaltenem Schädel im Sarg.

Das Loch saugte mich förmlich an den Rand, der Wind drückte gegen meinen Rücken, und ich kippte leicht nach vorne. Bereit, mich fallen zu lassen.

Wie lange ich allein am Rande des Grabes verweilt war, wusste ich nicht, aber plötzlich stand Malin wieder neben mir. Einen halben Meter entfernt. Sie war allein gekommen. Ich blickte nicht auf, wagte nicht, meine Frau anzusehen. Sie schleuderte mir ihre Worte entgegen: „Sag mir jetzt sofort die Wahrheit über deine Schuld, Jules!"

Ich sank neben dem Grab auf die Knie, griff eine Handvoll Erde von dem Hügel hinter dem Grab und ließ sie langsam auf den Sarg rinnen.

„Es war Moreau. Und ich weiß auch, warum er da war." Ich schaute meine Frau eindringlich an, aber es war keine Spur von Erschrecken oder Panik in ihren Augen …

Erinnerungen pflasterten meinen Weg der Vergeltung. Nach fünf Minuten erhöhte ich das Tempo, und mit ihm beschleunigte sich mein Herzschlag. Langsam tauchten die Konturen der Landschaft aus dem Nebel auf. Der Strand, ein wenig Strandhafer, Holzpfähle mit Draht als Trennung zwischen dem Radweg und dem Sand, der Atlantik – all das entschlüpfte dem Grau und nahm vorsichtig wieder Farbe an.

Der Weg führte direkt über einen Hügel, und als ich auf der Anhöhe stand, war ich von dem kurzen Anstieg außer Atem, und die Muskulatur meiner Beine fühlte sich übersäuert an. Ich kickte mit ihnen, dehnte die Muskeln, sank in die Knie und machte zehn Liegestütze in schneller Folge.

Der Nebel wurde wieder dichter. Schnell machte ich zwanzig Sit-ups, gefolgt von weiteren zwanzig Liegestützen, doch als ich wieder aufstand, fühlte ich mich plötzlich beobachtet, obwohl ich selbst kaum einen Meter Sicht hatte. Jemand folgte mir, und – das wurde mir jetzt klar – die Person tat es, seit ich das Haus verlassen hatte.

Ich drehte mich ruckartig um, als hoffte ich, dass der Nebel hinter mir weniger dicht sein würde, aber ich täuschte mich. Ich schloss die Augen und lauschte angestrengt auf Schritte, vielleicht einen Atemzug, aber der Nebel dämpfte alle Geräusche. Oben auf dem Hügel war es absolut still, ich war von der Welt abgeschnitten. Die Landschaft, das Meer, Tag und Nacht, der Ferienpark, Maison Artemis und die Menschheit waren verschlungen worden vom Nichts, das in kalten Böen an meiner Haut vorbeizog.

Das ist es, was Lilou durchgemacht hat, dachte ich.

Es war die Stille, in der sie in den Minuten gefangen war zwischen dem vernichtenden Schlag der Stoßstange und dem kraftlosen Seufzer, mit dem ihr letzter Atemzug dem Körper entglitten war. Diese unendliche Leere, wie ein Raum, der keine Tiefe kannte, die Stille der Natur, die schweigend ihren Geschöpfen beim Sterben zusah.

Aus dem Nebel tauchte eine Silhouette auf. Erst weiß, dann grau, dann blau. Langsam kletterte sie den Hügel herauf, aber ich erkannte bald an den Konturen und Bewegungen meine Tochter. Sie trug den Regenmantel, den meine Eltern ihr geschenkt hatten. Die hellblaue Jacke mit dem leuchtend rosa Fleecefutter. Der Nebel verschwand, und die Temperatur schoss in die Höhe. Die Sonne kehrte zurück. Unglaublich, dass ich meine Kleine noch einmal sehen konnte! Lachend lief ich auf sie zu, fiel auf die Knie und breitete meine Arme aus. Doch Lilou zögerte.

Ich zog sie in meine Arme und schloss meine Augen. Ihr Körper war weich, aber ihre Kleidung war nass und kalt. Lilou erstarrte und versuchte, sich aus meinem Griff zu befreien. Ihre Hände krallten sich in mein Haar und rissen meinen Kopf hart zurück.

„Lass mich los!", schrie sie. Ihre kleine Faust wurde überraschend hart auf meinen Kopf gehämmert, und kurz vor ihrem zweiten Schlag öffnete ich die Augen und blickte hoch.

Ophelias Faust fiel hart wie ein Beil herab – und ich ließ ihre Beine los, und flüchtige Erinnerungen zogen wieder an mir vorüber …

„Warum unternimmst du nicht endlich etwas?", fragte mich Malin eine Woche nach Lilous Beerdigung.

Wir waren gerade schlafen gegangen. Ich schob meine Füße auf ihre Seite des Bettes und ließ sie sanft Kontakt mit ihren aufnehmen. Malin aber zog ihre Beine zurück. Ich seufze tief.

„Du kannst das nicht länger für dich behalten, Jules. Du solltest mit jemandem darüber sprechen. Das bist du Lilou schuldig."

Sie hatte recht, aber ich wusste nicht, was ich tun sollte. Ich starrte im Dunkeln an die Decke. Das Außenlicht hatte seinen

Weg durch einen schmalen Spalt zwischen den Vorhängen gefunden und teilte den Raum wie ein Laserstrahl in zwei Teile. Meine Hälfte und ihre. Ich blieb stumm.

Wie gern hätte ich ihr meine Sicht dargestellt, ihr gesagt, wie schlecht es mir ging und dass auch ich trauerte, sie mich jedoch ohne einen Funken Mitgefühl ignorierte und immer wieder abwies, doch ich brachte kein Wort heraus. Die Worte blieben mir im Hals stecken, und das tat weh.

In diesem Augenblick zählten offenbar nur die Fehler, die ich begangen hatte. *Ich* hatte allen Unrecht zugefügt. Und dafür musste *ich* büßen. Denn *ich* war schuld.

Ich verabscheute mich. Am schlimmsten war die Scham. Oder die Ohnmacht. Malin ließ mir keine Wahl, ich konnte mich gegen ihre erdrückende Autorität nicht zur Wehr setzen. Was sie mir unterschwellig schon immer gesagt hatte, trat nun offen als unumstößliche Wahrheit zutage: Ich taugte nichts, war ein Versager.

Ich hatte nur noch die Kraft, sie um Verzeihung zu bitten, ihr zu sagen, dass ich sie noch immer liebte und sie wollte – wie früher. Aber das interessierte sie längst nicht mehr.

Malin schlüpfte zwischen den Laken hervor, zog ihren Morgenmantel an und verließ das Schlafzimmer. Die alte Treppe knarzte bei jedem ihrer Schritte. Ich schloss meine Augen und versuchte zu schlafen, aber die Geräusche, die Malin unten machte, hielten mich wach.

Ich hörte, wie sie die Küche aufräumte, wie sie im Wohnzimmer allerlei Dinge verrückte, aber urplötzlich stand sie wieder im Schlafzimmer und sagte: „Du musst der Polizei sagen, was du weißt, Jules!"

Ich blieb liegen und hielt meine Augen geschlossen. „Was soll ich ihnen denn sagen?"

„Alles, was du weißt."

„Aber ich *weiß* doch nichts. Es ist letztendlich doch alles nur Vermutung. Da war ein Scooter, ein Mann, ein Schüler, ein Unfall, ein Vorgesetzter, es *können* Zusammenhänge hergestellt werden. Damit kann ich doch niemanden beschuldigen? Ich habe keine Beweise gegen den Jungen. Und sein Vater ist mein Boss."

„Feigling", zischte meine Frau. „Du hast nicht mal die Courage, dich für deine Tochter einzusetzen." Sie drehte sich um und ließ mich im Schlafzimmer zurück.

In Gedanken schwor ich ihr, dass ich zur Polizei gehen würde. Ich flehte sie an, mir eine letzte Chance zu geben, ich würde alles für einen Neuanfang geben. Wenn sie mir nur wieder das Gefühl schenkte, dass ich jemand war. Von diesem Augenblick an lag mein Leben in ihrer Hand. Danach war nichts mehr wie zuvor.

Alles entglitt mir. Mein Leben rieselte mir wie Sand durch die Finger. Ich lebte weiter, ohne Ziel, ohne Halt, ins Leere hinein. Ich ließ mich einfach von einer einzigen Stimme leiten: der von Malin. Die Angst, sie noch einmal zu verlieren, mich abermals ihrer nicht würdig zu erweisen, quälte mich so, dass ich mich nur darauf beschränkte, ihr zu gehören. Mich ihr mit Leib und Seele zu verschreiben.

„Nochmals, ich bitte um Entschuldigung. Es war nicht meine Absicht, Sie zu erschrecken. Ich hatte mich verlaufen, und der Nebel hat mich völlig eingeschlossen. Ich kenne die Route nicht. Hier ist es wie in einem Irrgarten. Ich war so froh, jemanden zu sehen und …"

Ophelia nickte. „Das haben Sie mir schon zweimal gesagt. Tut mir wirklich leid, dass ich Sie geschlagen habe." Sie führte ihre Hand an meine rechte Schläfe. Ihre Finger waren so kalt, dass ich die Berührung kaum spürte. „Tut es weh?"

Das tat es, aber ich schüttelte den Kopf. Ophelias Faust hatte mich oben auf meinem rechten Wangenknochen getroffen. Es zischte noch in meinem Ohr.

„Ich habe noch nie jemanden geschlagen, schon gar nicht einen Gast in unserem Park. Wenn der Chef davon erfährt, wirft er mich raus." Sie sah mich flehend an.

„Machen Sie sich keine Sorgen. Wenn Sie mir den Weg zurück zum Haus zeigen, werde ich schweigen wie ein Grab."

Sie lächelte. Ein Lächeln, das ich zu erkennen glaubte. Ein Lächeln, das plötzlich erstarb. Ihre verwirrten Augen suchten nach etwas.

Dann hörte ich mich sagen: „Es ist erschreckend, wie sehr Sie meiner Frau ähneln."

Ophelia machte einen Schritt zurück. Sie nickte plötzlich in die Richtung, aus der sie gekommen war. „Es ist nicht sehr weit", sagte sie und lief den Hügel hinunter. Langsam verschmolz sie wieder mit dem Nebel, der uns noch immer umschloss. Was war ihr nur in diesen wenigen Sekunden durch den Kopf gegangen?

Ich hatte Mühe, mit ihr Schritt zu halten. Ophelia hatte ein ordentliches Tempo drauf. Immer wieder sah ich ihren Schatten ein paar Meter vor mir auf und ab wippen, und jedes Mal, wenn ich versuchte, ihr näher zu kommen, legte sie einen schnelleren Gang ein. Ob sie begriffen hatte, wer ich war?, dachte ich plötzlich. War ich jetzt schon eine journalistische Sensation der Nachrichtensender? Hatte sie mich womöglich erkannt?

Nach etwa zwanzig Minuten waren wir am Haus angelangt. Der Nebel war dort deutlich lichter, aber da der Abstand zwischen uns gewachsen war, sah ich immer noch nur den Schattenriss der Empfangsdame.

Ich muss mit ihr sprechen, dachte ich. Ich musste ihr in die Augen schauen, um zu sehen, ob sie es wusste. Aber als ich einen Moment später vor der klapprigen Veranda stand, war Ophelia verschwunden.

Maison Artemis lag verlassen da.

DIESE HURE

Kaum hatte ich an der Tür ihres Klassenzimmers geklopft, da bereute ich es auch schon.

Antoinette Chalons scharfe Stimme, die immer weit in den Fluren zu hören war, verstummte nach der Hälfte ihres Satzes. Durch das kleine Fenster in der Tür sah ich sie im Klassenraum hinter dem Pult.

Sie wandte sich langsam von der Klasse ab, warf einen genervten Blick in Richtung Tür, und als sie mein Gesicht sah, gestikulierte sie mit sichtlichem Widerwillen, dass ich eintreten könne. Oder hatte sie mir ihre Lieblingsgeste gezeigt und mir den Zeigefinger entgegengestreckt? Bei Antoinette Chalon war mir nie klar, wie ihre Äußerungen und Gesten zu verstehen waren. Und das machte die alte Jungfer unberechenbar.

Als ich vor ein paar Jahren während einer Lehrerkonferenz einen Scherz über sie machte und alle Kollegen lachten, wartete sie geduldig, bis das kollektive Gelächter verklungen war. Dann drehte sie sich vollkommen ruhig zu mir um und sagte laut und deutlich: „Eines Tages krieg ich dich an den Eiern, Baby." Damals erhob sie ebenfalls den warnenden Zeigefinger gegen mich. Fast das gesamte Lehrerteam lachte mit mir über ihre schlagfertige Reaktion auf meinen Scherz, aber eine Kollegin, die neben mir saß, flüsterte mir wenig später zu, dass ich vorsichtig sein sollte. „Antoinette steht immer zu ihrem Wort."

Mein Herz setzte einen Schlag aus. Ich betrat das Klassenzimmer und lächelte meine Kollegin freundlich an. „Bonjour, Madame Chalon. Darf ich Sie kurz stören?" Aus den Augenwinkeln sah ich, wie sich Baptist aus seiner schläfrigen Haltung aufrichtete.

„Diese Frage ist reichlich überflüssig, denn Sie stören mich bereits", antwortete sie schnippisch und schaute über ihre Lesebrille in meine Richtung.

Ein vorsichtiges Lachen erhob sich aus der ganzen Klasse, aber mit einem einzigen Blick brachte Madame Chalon die Teenager wieder zur Ruhe. „Was wollen Sie denn nun, Monsieur Lefèvre?"

Ich zeigte auf den Jungen, der mich neugierig ansah. „Darf ich mir Baptist Moreau für einen Moment ausleihen?"

„Ausleihen?", sagte sie verächtlich. „Sie können ihn gern behalten." Wieder lachte die Klasse.

„Baptist, geh schon zu Monsieur Lefèvre! Das wird dann wohl das erste Sinnvolle sein, was du heute tust." Wieder der mahnende Zeigefinger, diesmal war er für Moreaus Sohn bestimmt.

Baptist ließ sich vom Stuhl gleiten, salutierte vor Madame Chalon, schlug die Absätze zusammen und stapfte aus dem Klassenzimmer.

Ich zeigte auf den Stuhl, den ich ihm schon letzte Woche angeboten hatte. Diesmal nahm er Platz und sackte sofort nach vorne in sich zusammen.

Zum Ausgleich lehnte ich mich ebenfalls nach vorne und stützte mich mit den Unterarmen auf dem Tisch ab. „Letzte Woche hast du mir sehr deutlich zu verstehen gegeben, dass du keinen Mentor brauchst." Ganz bewusst ließ ich einen Moment der Stille zu, in der Hoffnung, Baptist würde meine Interpretation korrigieren. Er starrte mich aber lediglich abwartend an.

„Ich denke, wir beide hatten einen Fehlstart, und es wäre schön, wenn wir noch einmal von vorn anfangen könnten. Tun wir also einfach, als hätten wir noch nie miteinander gesprochen."

Baptist runzelte die Stirn. „Aber wir haben doch schon miteinander gesprochen."

„Natürlich, das weiß ich selbst", fuhr ich ihn an.

Baptist hievte sich hoch, beugte seinen schlaksigen Körper über den Tisch. „Sie wollen wohl neben der Realität unseres Kennenlernens eine zweite Realität schaffen, in der wir uns zum ersten Mal begegnen?"

„Ich meine, wenn wir uns ein bisschen besser kennenlernen, dann können wir vielleicht beide beurteilen, was wir in diesem Schuljahr voneinander erwarten können und dürfen. Betrachte es als eine Einführung. Wir müssen nicht über die Schule sprechen. Wir können uns auch über ein anderes Thema unterhalten, worüber du gerne reden möchtest, und dann werden wir sehen …"

„Mein Vater."

„Wie bitte?"

„Ich möchte über meinen Vater sprechen."

„Ich glaube nicht, dass das klug wäre. Dein Vater ist nun mal nicht nur dein Vater, sondern auch mein Boss."

„Eben sagten Sie noch, ich könne das Thema bestimmen."

„Es tut mir leid, dein Vater ist ein Tabuthema."

„Er hat Ihnen auch dieses *Mindmapping der Achtsamkeit* gegeben, richtig? Er schenkt das Buch jedem, bei dem er den coolen Kerl mimen kann. Jeder muss mit seinem Achtsamkeitsblödsinn Bekanntschaft machen. Aber ich werde Ihnen jetzt ein Geheimnis anvertrauen: Zu Hause ist mein Vater nicht so supergelassen drauf, wie er Sie glauben machen will. Er rastet regelmäßig aus." Baptist zeigte mit dem Daumen auf sich selbst.

„Ich spreche gerne über mit dir über Achtsamkeit, aber dein Vater ist wie gesagt tabu …"

„Mein Vater rühmt sich damit, dass er anderen in der Krise hilft, indem er jeden in diese schwammige Weisheit aus dem Osten einführt, aber lassen Sie sich von ihm nichts vormachen. Dieses Getue ist nichts anderes als Schaumschlägerei. Ich verrate Ihnen noch ein Geheimnis: Mein Vater ist ein Fremdgänger. Das wissen nur mein Vater, meine Mutter, ich und diese andere Frau. Das erschreckt Sie jetzt, nicht wahr?"

Meine Atmung stockte. Ich bekam keine Luft mehr, wollte fliehen, wartete aber und hoffte wie ein Idiot, dass er lachte und die Worte zurücknahm. Der Junge war wie eine Infektion, ein Krebsgeschwür, das unweigerlich Zweifel streute. Ich wusste, dass er mich nur genauso terrorisieren wollte wie meine anderen Kollegen, aber ich konnte mich nicht dagegen auflehnen.

„Eines Tages saßen wir beim Abendessen, als er aus heiterem Himmel mit dem Geständnis aufwartete. Maman wusste nicht, wie ihr geschah." Baptist sah mir kurz in die Augen. „Wollen Sie wissen, wie er es uns erzählt hat?"

Ich schüttelte den Kopf, aber ich konnte dem verächtlichen Lächeln auf Baptists Gesicht entnehmen, dass er es mir dennoch sagen würde.

„Er begann sehr freundlich wie bei einer Überraschung: ‚Ich würde euch gerne etwas mitteilen. Etwas, das die ganze Familie betrifft und das mich schon eine Weile beschäftigt.' Doch dann grinste er stolz: ‚Ich ficke ab und zu eine geile Frau.'" Baptist sah mich mit ausdruckslosem Blick an. „Mein Vater kommt gerne schnell auf den Punkt und verwendet am liebsten unmissverständliche Worte. Aber das wissen Sie vermutlich. Er kümmert sich nicht um Empfindlichkeiten, außer um seine eigenen."

Ich schloss einen Moment die Augen, wollte mich ablenken von üblen Gedanken und dachte an den Geruch des Herbstes, den farblosen Himmel, die feuchte Luft, die grauen Straßen, den Lärm auf dem Schulhof, das Aufwachen neben Malin und die sanfte Müdigkeit am Morgen. Dann öffnete ich die Augen wieder. Das Klassenzimmer war kalt, bedrohlich und schmutzig. Der Jugendliche vor mir war das verhasste Überbleibsel einer tristen Jugend. Ich sah seine Verbitterung, seine Einsamkeit, die Zeit, die für ihn stillstand. Ich wollte seine Worte nicht hören.

Baptist beugte sich vor und hob den Finger zu mir. „Treten Sie Pater Paul Moreau also nicht auf den Schwanz, er braucht ihn noch." Er ließ sich wieder nach hinten fallen und lachte. „Gegen meinen Alten kommst du nicht an. Wenn du ihn mit Holz verprügelst, schlägt er mit Eisen zurück." Er schnappte sich einen der Tests von meinem Schreibtisch. „Darf ich mir Ihren Stift für einen Moment ausleihen?" Baptist riss ihn mir aus der Hand, bevor ich etwas sagen konnte. Er kritzelte etwas auf das Blatt und schob es mir zusammen mit dem Stift zu. „Ich habe einen Tipp für Sie aufgeschrieben. Sozusagen ein kostenloser Ratschlag."

Ich blätterte die Seite um. Die Handschrift war unleserlich. Ich gab mir keine Mühe, das Gekritzel zu entziffern. Mir gingen noch immer seine Worte durch den Kopf: *Mein Vater ist ein Fremdgänger.*

Aber mit wem? Warum erzählte er es ausgerechnet mir?

„Noch mal, wir werden nicht über Ihren Vater sprechen."

„Interessanter als das Geständnis des alten Sacks war die Reaktion von Maman. Nachdem sie sich vom Schock erholt hatte, legte sie das Besteck zur Seite und sagte unbeeindruckt: ‚Du nennst dein Rumgezappel ficken? Mir kam es von deiner Seite eher wie Masturbation mit Partner vor.' Dann nahm sie das Besteck wieder in die Hand und aß schweigend weiter. Sie hätten das Gesicht des Alphamännchens sehen sollen! Er war ja so verletzt. Ich lachte mich krank."

Baptist wurde wieder still, und sein Blick schien sich nach innen zu wenden. „Natürlich richtete der Alte seine Wut gegen mich. Ich solle sofort aufhören. Ich solle ja nicht glauben, dass Kinder das Bindeglied in der Ehe seien, manchmal erwiesen sie sich als das genaue Gegenteil. Darüber musste ich erst nachdenken, aber da stand er schon auf und verließ mit roter Birne die Küche. Maman und ich haben während des Essens kein Wort miteinander gesprochen und keinen Blick ausgetauscht."

Baptist stand auf und schob den Stuhl fein säuberlich weg. „Nun, ich habe lange darüber nachgedacht. Mein Vater wollte mir offenbar mitteilen, dass er seinen Schwanz außer Haus in eine Muschi stecken musste, weil *ich* ach so missraten war. Ich kann mir vorstellen, dass ein Mann sich mit seiner Frau langweilt, dass er eine größere Libido hat als seine Partnerin, dass er auf knackiges Frischfleisch heiß ist oder einfach nach einem immer neuen Kick sucht. Aber seine Frau zu betrügen, weil das Kind nicht das tut, was Papa von ihm erwartet, das ist nur krank. Und wissen Sie was, das ist mit Sicherheit auch kein Kompliment für die andere Lady."

Ich konnte mich nicht mehr zurückhalten, die Frage musste gestellt werden. Mein Herz begann schneller zu schlagen, ich war bereit für die Antwort, die ich nicht hören wollte. „Weißt du, wer diese Frau ist? Kennst du ihren Namen?"

Baptist ging auf die Tür zu und drehte sich noch mal um, nachdem er sie geöffnet hatte. „Mein Vater schläft seit Wochen im Gästezimmer, aber nachts ist er häufig weg. Zur Sauna. Zum Essen. Zum Nachdenken. Mag sein, aber wenn Sie mich fragen, dann trifft er sich oft mit dieser Hure."

Hure! Das Wort war wie ein Schlag ins Gesicht. Plötzlich stand ich auf und knallte mit der Faust hart auf den Schreibtisch. „Nimm das zurück!", brüllte ich. „Ich verbiete dir, dass du so über …"

Was um Himmels willen konnte ich denn schon sagen? Ich beruhigte mich wieder und sprach nun leiser, ruhiger. „Ich möchte so einen Ausdruck nicht in meinem Klassenzimmer hören."

Meine Frau und Moreau. Sie hatten ein Verhältnis. *Ein Mann, zu dem man einfach aufsehen muss …* Das hatte Malin über ihn gesagt.

Baptist machte eine abwertende Geste. „Hören Sie, Monsieur Giftzwerg. Ich habe keine Lust, mich mit all den Idioten an dieser Schule zu solidarisieren. Wenn es eine Tugend ist, sich der Blödheit der Masse anzupassen, dann will ich nicht tugendhaft sein. Nicht jetzt und überhaupt niemals. Ich schätze Ihren Versuch, etwas für mich zu tun. Zweifellos sind Sie ein großartiger Mentor, aber nicht für mich. Sparen Sie sich die Mühe. Wir Moreaus kümmern uns selbst um unsere Angelegenheiten. Wir werden nicht abgewählt, wir schmeißen den Krempel hin, wenn wir keine Lust mehr haben. Wir werden nicht angebaggert, wir baggern!"

EIN HOBBY

Von der Hauptstraße aus konnte ich erkennen, dass der Empfang nicht mehr besetzt war, trotzdem fuhr ich in den Ferienpark, stieg aus und ging um das Gebäude herum. Der Eingang war verschlossen, die Tür auf der Rückseite verriegelt, nirgends brannte Licht. Ophelia war nicht mehr da.

Mein Blick glitt an den Ferienhäusern vorbei, dann schaute ich zur Hauptstraße. Mein ganzer Körper pochte, immer mehr, immer schneller, immer nachdrücklicher. Ob Ophelia eines der Ferienhäuser bewohnte? Oder lebte sie in einem der umliegenden Dörfer? Ich musste wissen, ob sie mich erkannt hatte. Hatte es einen Aufruf im Fernsehen gegeben? War mein Foto in der Zeitung abgebildet? Angenommen, Ophelia würde jetzt die Polizei anrufen, dann könnte diese mich innerhalb einer Stunde aufspüren und meinen Plan zunichtemachen.

Ich fragte mich, ob ein Mensch jemals wirklich genau wusste, warum er etwas tat? Selbst Wahrheit hatte viele Gesichter.

Seit der Unterhaltung mit Baptist schreckte mich das Rasseln des Weckers jeden Morgen aus dem Schlaf. Ich stand schwerfällig auf und spritzte mir kaltes Wasser ins Gesicht, ehe ich mich, splitternackt und allein im gedämpften Licht, in dem großen Spiegel im Schlafzimmer betrachtete. Jeden Tag betete ich dieselbe Litanei herunter: *Ein Mann, zu dem man einfach aufsehen muss.* Ich sagte es mir von dem Moment an, wo ich die Augen öffnete, bis zu dem Moment, wo ich zur Schule fuhr, immer wieder vor und noch einmal am Abend in meinem Bett. In der Nacht fand ich keinen Schlaf mehr, und der Kopf schwirrte mir von Sätzen wie „Moreau, ein Mann, zu dem man einfach aufsehen muss", „Mein Vater ist ein Fremdgänger" und „Ich will bald Zeit für mich haben".

Achte darauf, was du sagst, wie du dich bewegst. Vergiss nicht, dass alles, was du vor Moreaus und Malins Augen tust, wichtig ist, ein einziger Ausrutscher, und du könntest Malin endgültig verlieren.

Ich verabscheute diese Gedanken. Aber ich war von ihnen besessen. Ich führte ein Schattendasein. Nur die Hoffnung auf eine neue Chance mit Malin und meine Liebe für Lilou hielten mich am Leben.

Ich litt unter Malins Blicken, ihren Vorwürfen, ihrem Schweigen, ihrer Abwesenheit. Jede ihrer Gesten wurde zur Qual. Um sie zufriedenzustellen, brauchte ich mich nur stark zu zeigen, zu schweigen, alles zu erdulden. Ich wollte sie zurückgewinnen und ignorierte jeden kränkenden Blick, den sie mir zuwarf. Ich wollte, dass sie meine Gedanken bändigte, meine Vorwürfe entkräftete und mein Leben wieder in die Normalität lenkte; ich selbst war dazu nicht mehr in der Lage.

Ich war bereit, alles zu geben, mein Ich an sie abzutreten, aber nicht, zu sterben, den Tod hob ich mir notfalls für ihren Liebhaber auf.

Malin hätte mich blutig schlagen, auf mich einstechen, mich töten können, wenn sie es gewollt hätte. Es wäre mir egal gewesen. Aber sie gab sich so liebenswert, dass ich nur noch misstrauischer wurde. Was lief da zwischen Moreau und meiner Frau? War es eine Affäre, oder war es noch viel mehr?

Es war schrecklich. Aber zuzugeben, dass ich es wusste, hätte geheißen, mich geschlagen zu geben. Mein einziger Ausweg war mein Schweigen, die Stille. Ich wusste, ich würde niemals den Mut aufbringen, ihr zu gestehen, dass ich es wusste und erduldete. Andere hätten bestimmt versucht, sich zu wehren. Ich nicht. Das Einzige, was mich noch am Leben hielt, war die Hoffnung, dass eines Tages wieder alles so wurde wie früher, dass ich erneut in den Genuss der Liebe käme, die uns einmal miteinander verbunden hatte. Mein Schweigen war eine Unterwerfung, um ihre Achtung zu erringen. Das war jetzt mein ganzer Lebensinhalt. Jeden Tag die Qual zu erdulden. Meine einzige Freude war Lilou, die ich mit Liebe überschüttete.

Ich hätte ohne Weiteres weggehen und beschließen können, nicht mehr ihr Ehemann zu sein. Unsere Tochter schien mich aber zu zwingen, bei ihr zu bleiben. Spürte mein kleines Mädchen meine Zurückgezogenheit? In Wahrheit verschwendete ich keinen Gedanken daran, mir ein Leben ohne Malin vorzustellen. Ich wollte mich gar nicht aus dem Strudel meiner Eifersucht befreien, der mich gefangen hielt. Ich konnte nicht mehr zurück. Ich ließ mir alles gefallen und starb jeden Tag ein bisschen mehr.

Ich hatte mir Vergeltung zum Ziel gesetzt und war dabei, über alles die Kontrolle zu verlieren. Die größte Bedrohung für den Erfolg eines Plans war es aber, die Kontrolle über seine Verbündeten zu verlieren. Zumindest darüber musste ich mir keine Gedanken machen. Denn Lilou und Malin waren tot.

Ich fuhr nach Tailleville in der Überzeugung, dass ich Ophelia vielleicht irgendwo auf halber Strecke überholen würde. Ihre Gestalt tauchte jedoch nicht aus dem Nebel auf.

Ich parkte an der gleichen Stelle wie am Tag zuvor, auf dem Parkplatz zwischen der Kirche und dem Supermarkt. In der Mitte des Friedhofs waren zwei Männer dabei, ein Grab zu schaufeln. Der Erdhügel neben dem Loch war imposant. Als ich die Autotür schloss, richteten sie sich einen Moment lang auf. Der Kleinere salutierte mit einem Kopfnicken und nahm respektvoll seine Mütze ab. Dann wischte er sich den Schweiß von der Stirn. Ich ging grußlos weiter. Hatte der Mann mich etwa erkannt?

Ich betrat die Videothek. Der Junge saß wieder auf seinem Stuhl hinter der Theke und starrte aus dem Fenster.

Als ich die Tür hinter mir schloss, sagte er: „Ich habe eine schöne Aussicht, aber jedes Mal, wenn die Totengräber mit ihren Schaufeln arbeiten, macht mich das traurig, vor allem, wenn der Nebel so schwer auf dem Land lastet. Totengräber ist ein seltsamer Beruf, finden Sie nicht? Vor ihm sind alle gleich, Täter wie Opfer, und sie bedeuten ihm alle nichts."

Der Junge stand auf und lehnte sich nach vorne auf den Tresen, als ob er den Friedhof in dieser Haltung besser überblicken könnte. „Obwohl ich den Tod verabscheue, beobachte ich die

Beerdigungen gerne aus der Ferne. Da sind Arme, die tröstend um Schultern gelegt werden, Köpfe, die sich hinunterneigen. Die Angehörigen verlassen den Friedhof stets in einer ganz anderen Stimmung als sie ihn betreten. Nicht, dass ihre Trauer verschwunden wäre, aber eine gewisse Ruhe begleitet sie dann. Das hat etwas Friedliches." Er wandte sich mir zu. „Da sind Sie also wieder. Ich bin übrigens Pierre."

„Bonjour, Pierre. Ich bin auf der Suche nach einer Frau", antwortete ich. „Sie heißt Ophelia, ihr Nachname ist mir entfallen, sie arbeitet am Empfang in der Ferienanlage La Capriceuse. Kennen Sie sie zufällig?"

„Ophelia? Welche Mutter auf Erden gibt ihrem Kind einen solchen Namen? Das ist seelische Grausamkeit."

Ich schnaubte verärgert. „Glauben Sie mir, Pierre, Sie haben nicht die geringste Ahnung, was seelische Grausamkeit ist. Wenn der Verstand von Höllenqualen gepeitscht wird."

Ich blickte aus dem Fenster zum Friedhof. Die Totengräber starrten in das Loch. Der Größere stützte sich mit beiden Händen auf der Schaufel ab, der Kleinere stand mit gespreizten Beinen da, die Schaufel an seinen Körper gelehnt. Er zog einen Beutel Schnupftabak aus der Brusttasche seines Overalls. Urplötzlich wurde mir kalt.

Pierre sagte irgendetwas. Ich drehte mich zu ihm um, sah, wie sich seine Lippen bewegten und seine Zunge zum Gaumen wanderte, aber die Laute ergaben keine Worte. Hinter ihm leuchtete der Bildschirm seines Computers hell auf, wie ein Tunnel aus Licht. Ich spürte ein Kribbeln in meinen Fingerspitzen, mir wurde heiß und kalt zugleich, mein Hirn quoll auf, als hätte jemand einen Schraubstock um meinen Schädel gelegt …

In dem Moment, als meine kleine Tochter durch die Luft geschleudert und elf Meter über das Pflaster geschleift wurde, schrieb ich das Wort *Moral* an die Tafel.

Ich wandte mich an die Klasse. „Im Mittelalter besaß die Kirche eine ungeheure Macht. Die Geistlichen verkündeten dem Volk nicht nur die Botschaft des Glaubens, sondern zwangen ihm

auch ihre Moralvorstellungen auf, zum Beispiel über die Ehe."
Ich unterbrach meinen Vortrag, weil eine Schülerin, die vorne
saß, den Finger hob. „Marie?"

„Ihr Handy, Monsieur. Sie werden angerufen", sagte das Mädchen. Sie zeigte auf meinen Schreibtisch, wo das Handy lautlos
aufleuchtete.

„Es ist nur meine Frau", sagte ich und drückte den Anruf weg.
Ein deutliches „Ah!" ertönte aus der Klasse.

Ich grinste bösartig und zeigte auf das Wort *Moral*. „Wir machen weiter, Leute. Selbst dem Selbstmord wurde im Mittelalter
eine klare Moral untergeschoben. Selbstmord war Sünde und
Schande in einem. Eine selbstmordgefährdete Person beschul-
digte sich selbst der *Desperatio*. Die *Desperatio* ist nach katholi-
schem Verständnis eine Sünde wider den Heiligen Geist aus Verzweiflung am Heil. Wenn ein Sünder seine Sündenlast erkennt,
daraus aber nicht …"

„Sie werden schon wieder angerufen, Monsieur Lefèvre", rief
Marie, diesmal ohne den Finger zu heben.

Wieder schob ich den Anruf weg, aber Malin meldete sich sofort erneut. „Ich glaube, es ist wichtig …", sagte ich entschuldi-
gend. „Diskutiert den Begriff *Desperatio*, ich bin gleich wieder
bei euch."

Noch bevor ich den Klassenraum verlassen hatte, antwortete
ich. Malin wartete nicht, bis ich meinen Namen genannt hatte.
„Verdammt, sie ist … sie liegt … Du musst sofort kommen. Es
ist Lilou."

„Ruhig, Malin, beruhige dich. Was ist mit Lilou?"

„Du musst sofort kommen", sagte sie schluchzend. „Sie sagen,
unser kleines Mädchen stirbt."

Seltsam. Ich rechnete mit allem. Nur nicht mit einem. *Dass Lilou stirbt.*

Daran dachte ich keine Sekunde …

Der Junge lehnte sich immer noch an die Theke, stand jetzt aber
aufrecht. „Geht es Ihnen nicht gut?" Seine Stimme war um einige
Oktaven gesunken, als steckte auf einmal ein Dämon in ihm.

Ich machte eine abwehrende Geste. „Mir war kurz übel, aber jetzt geht es wieder.."

„Sind Sie sicher?"

Der Bildschirm brannte sich auf meiner Netzhaut ein. „Ja, mir geht's gut."

„Wenn Sie es sagen. Übrigens, gestern Abend habe ich mir *Sam* angesehen", fuhr Pierre fort. „Sie haben mich neugierig gemacht. Deshalb habe ich den Film gestreamt. Sagen Sie es niemandem, okay?", grinste er. „Die Leute sollen sich schließlich weiterhin Filme kaufen. Abgesehen davon, dass er ein toller Actionfilm ist, war er auch wegen der verwendeten Waffen sehenswert."

Ich hob die Augenbrauen. „Wegen der Waffen?"

Pierre nickte. „Wahre Prachtstücke. Am coolsten war die 3.4 Mossberg 590 Compact Cruiser, eine Flinte mit schlankem Design. Sie wurde in der Szene verwendet, in der Sam in das Büro seines Gegners eindringt, das durch Drogenhandel verdiente Geld aus dem Fenster des Wolkenkratzers wirft, und die Straße plötzlich voller gieriger Menschen ist." Der Junge wartete einen Moment, bis ich nickte. Ich konnte mich an diese Szene nicht erinnern.

„Ich persönlich finde, dass diese Flinte eine der schönsten Handfeuerwaffen ist, aber Pumpguns sind in Frankreich für Privatpersonen leider nur mit einer Ausnahmegenehmigung des BKA erhältlich. Ich hätte mir gerne eine zugelegt."

Wieder wartete er auf meine Reaktion. Aus den Augenwinkeln sah ich, wie die Totengräber den Friedhof verließen und die Schaufeln in den offenen Kofferraum eines Pick-ups warfen. Der Kleinere schaute kurz in unsere Richtung, schnippte den Zigarettenstummel mit einer Verbeugung weg und stieg dann in den Wagen. Ich wandte mich wieder dem Jungen zu. „Sie scheinen sich ja ziemlich gut auszukennen?"

Pierre zeigte auf den Monitor seines Computers, der ihn an einem Schießstand zeigte. „Waffen sind mein Hobby", sagte er stolz. „Ich bin seit vielen Jahren Mitglied im örtlichen Schützenverein. Es ist bloß ein kleiner Verein. Die meisten Mitglieder sind anständige Männer. Alles ist völlig legal und für jeden zugänglich. Die Alternative dazu wäre der Verein in Lion-sur-Mer, aber da möchte ich nicht hin. Die Dinge laufen in der Stadt anders, die Mitglieder dort sind eine ganz andere Spezies als die Menschen in diesem Ort. Angeber und Großmäuler."

„Interessant", sagte ich.

„Das Wissen über Waffen hat auf mich eine ernüchternde Wirkung bei Actionfilmen. Die Hälfte der Schießereien sind völlig unrealistisch. Glauben Sie mir, aus mehr als zehn Metern Entfernung zu schießen ist schon ziemlich schwierig."

Der Junge zeigte auf den Bildschirm. „Wenn man zum ersten Mal auf einem Schießstand ist, weiß man nicht, was einem blüht. Der Knall, der Rückstoß der Waffe, die Anstrengung, um das Ziel überhaupt zu treffen."

Er wartete auf eine Antwort. Als ich schwieg, fühlte Pierre sich offenbar unwohl und kramte nervös in den Papieren auf der Theke.

„Wie auch immer", sagte er schließlich. „Also diese Frau, diese Ophelia, ich könnte mich heute Abend nach ihr erkundigen, wenn es wichtig ist. Wenn Sie morgen kommen und den Film abholen, dann …"

Ich wusste genug.

Habe den Mut, zu ändern, was du ändern kannst, die Gelassenheit, um zu akzeptieren, was du nicht ändern kannst, und die Weisheit, um den Unterschied zwischen beiden erkennen zu können.

Moreaus Buch sagte mir alles, was ich wissen musste, als hätte er es mir als Anleitung für die Vergeltung gegeben. Auch ich musste realistisch sein: Ich brauchte eine Waffe, um Moreau zu bestrafen. Wenn es mir gelingen würde, meine Hände um seinen Hals zu legen, würde mich seine Kraft wegfegen wie eine Mücke.

Eine Waffe bot mir viele Möglichkeiten: Schusswunden, Folter, ein qualvoller Tod.

In Lion-sur-Mer gab es eine gnadenlose Brut von Monstern ohne Moral und Gewissen, die über die Fähigkeit verfügte, den Tod zu verbreiten, ohne sich die Hände schmutzig zu machen. Ich würde sie zur Rechenschaft ziehen und mich gewiss nicht durch ihr Gewinsel um Absolution davon abhalten lassen, sie zu richten. Wenn Lüge und Betrug Leben zu vernichten begannen, dann mussten die Lügner und Betrüger dafür bezahlen.

In jedem Leben kam der Tag der Abrechnung, der Moment, in dem die Rechnungen beglichen wurden und die Verfehlungen ans Tageslicht traten.

Ohne ein Wort drehte ich mich um und lief aus dem Laden. Ich überquerte die Straße, stieg in mein Auto und fuhr rückwärts aus dem Parkplatz. Der Nebel war nahezu verschwunden. Durch das Heckfenster konnte ich die gesamte Hauptstraße des Dorfes überblicken. Es war ruhig auf der Straße.

Nichts im Dorf sah nach Leben aus …

LOSLASSEN

Zu oft hatte ich die Verantwortung für einen Schüler übernommen, wenn ein Kollege dazu nicht bereit war. Aber diese Einsatz, so gut er auch gemeint war, verlangte mir zu viel ab. Moreaus Buch hatte mich davor gewarnt, mich an Personen oder Dinge zu klammern, die andere losgelassen hatten. Man musste die Verantwortung dort lassen, wo sie hingehörte.

Loslassen! Das war verdammt noch mal genau das, was ich wollte und vorhatte. Ich knallte Moreaus Buch zu und starrte in den Klassenraum. Dreißig Schüler arbeiteten schweigend an einer Zeitleiste ihres Lebens, von ihrer Geburt bis zu ihrem ersten Tag an der *Mixed Public École*. Die meisten Schüler waren mit großer Begeisterung bei der Sache, hatten Filzstifte und Buntstifte von zu Hause mitgebracht, und einige von ihnen illustrierten die Eckpunkte ihres Lebens sogar mit Fotos.

Ihre Arbeitsmoral war rührend und machte die Lethargie anderer Klassen, die ich unterrichtete, wett. Obwohl es meist nicht lange dauerte, bis auch eine solche Klasse die Lust daran verlor. Die Schüler hielten höchstens vier Monate lang durch, machten jeden Tag ihre Hausaufgaben, notierten alles, was im Unterricht an die Tafel geschrieben wurde, hatten Bücher, Hefte, Taschenrechner, Radiergummi, Bleistiftspitzer und Pritt-Stifte dabei, kamen pünktlich und ließen sich kommentarlos korrigieren. Sie stellten Fragen ohne den gereizten Ton, der regelmäßig von den Schülern der höheren Klassen zu hören war. Sie waren überhöflich, betrachteten den Lehrer als Respektsperson und nicht als Objekt, das zur Schuleinrichtung gehörte und am Ende des Tages in einen Schrank gestellt wurde, um den Akku für den Unterricht des nächsten Tages wieder aufzuladen. Einst musste Baptist Moreau auch einer dieser ungehemmten und enthusiastischen Jungen mit einer viel zu großen Schultasche und Interesse am Unterricht gewesen sein.

Loslassen! Paul Moreau schlief schon seit einiger Zeit mit einer anderen Frau. Ich stand hinter dem Schreibtisch auf und hatte die Absicht, *Mindmapping der Achtsamkeit* in den Mülleimer zu werfen, der neben der Tür meines Klassenzimmers stand.

Loslassen! Noch einmal las ich die Widmung, die Paul auf die erste Seite geschrieben hatte: *Es war schön, dich zu sehen.* Worte, die mich provozierten, mich herausforderten.

„Du musst etwas unternehmen, Jules", hatte Malin gesagt und: „Es ist nicht nur dein Job, es ist deine Pflicht, diesen Jungen zu maßregeln."

Nichts, nicht das Geringste war mir in den letzten Wochen am Verhalten meiner Frau aufgefallen. Wie war das nur möglich? Nach der Lehrerkonferenz hatte ich mich langsam wieder in meine Arbeit vertieft, und Malin ging wieder mit ihren Freunden aus, wie sie es angekündigt hatte. Sie brauche diese Abende, sie habe sie vermisst. Ohne sich zu beklagen, habe sie mich während meines Burn-outs unterstützt, hatte sie gesagt. Ich konnte mich nicht daran erinnern, dass ich um eine Erklärung gebeten hatte. Menschen, die sich Unwahrheiten hingaben, sprachen oft ununterbrochen, die Worte sprudelten nur so über ihre Lippen. Daran hätte ich es erkennen müssen.

Ich riss die Seite – das Beweisstück – aus dem Buch, das gar keine Weisheiten enthielt. Das Versprechen der Achtsamkeit war eine moderne Lüge, ein gehyptes Ablenkungsmanöver. Moreau selbst war der lebende Beweis dafür. Oder nein, Achtsamkeit war *der neue Glaube*, in dem kein Körnchen Wahrheit steckte, nur Verlogenheit, wie in allen anderen Religionen. Ich war ein blinder, unkritischer Mitläufer gewesen. Die Achtsamkeit hatte mich schwach gemacht, mein Gehirn vernebelt, und das hatte Moreau ermöglicht, seinen Zug zu machen.

Wann war der Funke übergesprungen? Als er mir das Buch gereicht hatte? Als Malin meine Tasche abgeholt hatte? Oder hatten sie sich schon gekannt, bevor ich zu Hause festsaß? Vielleicht aus der Sauna? War er damals nur gekommen, um sie zu sehen?

Ein Aufruhr im Klassenraum holte mich aus meinem Gedankenflug. Die Schüler spürten, dass ich nicht ganz bei der Sache war. Zwei Mädchen auf der vorletzten Bank unterhielten sich lautstark mit den Schülern hinter ihnen. Ich räusperte mich. Erschrocken schauten alle vier in meine Richtung, und mit einem Fingerschnipsen befahl ich ihnen, sich umzudrehen. Keine Worte waren notwendig. Solange mir das gelang, war ich der Boss. Ich ging um die die Schulbänke herum, und es funktionierte, die Ruhe kehrte sofort zurück. Das würde in ein paar Wochen vermutlich ganz anders aussehen.

Malin ging stets dienstagabends in die Sauna und kam spätabends mit geröteten Wangen und handtuchtrockenem Haar nach Hause, erschöpft vom Schwitzen. Dann warf sie ihre Tasche in eine Ecke und ging sofort ins Bett. Sie drückte mir nicht einmal einen Kuss auf die Stirn und zerzauste auch nicht mein Haar – wie sie es früher immer getan hatte, wenn sie nach Hause kam. Durch das Babyfon konnte ich hören, wie sie Lilou einen Kuss gab. Jeden Dienstagabend das gleiche Ritual. Und ich dachte, dass alles in Ordnung sei.

Manche halten Intuition für eine Gabe, aber sie konnte auch ein Fluch sein. Ich hatte es von Anfang an gespürt, aber ignoriert. Intuition war eine Stimme, die mir Dinge enthüllte, die lieber unerforscht geblieben wären. Bis heute war sie immer auf meiner Seite gestanden. Sie sagte mir, wer Freund war und wer Feind, wen ich auf Abstand halten sollte und wen ich umarmen konnte. Aber allzu oft hatte ich mich ablenken lassen: von Angst, Zweifeln und meinen innersten Wünschen – ich hörte der Stimme manchmal nicht richtig zu.

Doch jetzt war es mir plötzlich klar: Paul Moreau schlief jeden Dienstagabend mit meiner Frau, und Baptist wusste davon. Er hatte es mich auf subtile Art und Weise wissen lassen.

Wir werden nicht angebaggert, wir baggern an!

Er musste einen Grund gehabt haben, mir das zu sagen. Und was Malins Feststellung betraf: *Ich mag es, wenn mein Mann stark ist.* Das hörte sich nun wie eine Anspielung auf Moreaus imposanten Körper an, den sie mit ihren kleinen Händen berührte. *Stark* war keine Anspielung, die sich auf mich beziehen konnte, so viel war mir klar.

Loslassen!

Halte dich zurück, Jules. Wissen ist ein Vorteil. Lass sie erst einmal glauben, dass du ahnungslos bist.

Die Mädchen auf der vorletzten Bank zeigten mir erneut ihre Rücken. Sie hatten schon früh meine Grenzen ausgelotet. Vor meinem Burn-out wäre ich unbarmherzig gewesen, hätte sie ein wenig gedemütigt und wäre so wütend geworden, dass ich gestört gewirkt hätte. Das hätte ihnen Angst gemacht, aber irgendwann wäre ich zur Witzfigur verkommen. Deshalb tat ich es jetzt nicht, aber das hatte nichts mehr mit Achtsamkeit zu tun. Ich konnte mich einfach nicht dazu durchringen. Das Gespräch mit Baptist hatte mich ausgelaugt. Ich zerknüllte das Blatt mit Moreaus Widmung und warf es in einem hohen Bogen in den Papierkorb … und verfehlte ihn.

„Daneben", murmelte eines der Kinder. Auch jetzt reagierte ich nicht. Schweigend hob ich das Papierknäuel auf und ging zur Tür. Ich würde lieber nach Hause radeln und den Kleiderschrank meiner Frau durchwühlen. Sie war bei der Arbeit und Lilou im Kindergarten. Irgendwo musste ein Hinweis zu finden sein.

„Monsieur?" Eines der Mädchen hob den Finger. „Könnten Sie uns kurz helfen? Ich verstehe etwas nicht."

„Nein", sagte ich schroff.

Das Mädchen sah mich erstaunt an. „Ich habe schon die Mädchen hinter mir um Hilfe gebeten, aber sie wissen auch nicht weiter." Sie klang verärgert und starrte auf ihre Timeline.

Ich ballte meine Hände zu Fäusten, ging zu ihrem Tisch hinüber, beugte mich hinunter und flüsterte: „Du arbeitest an einer Aufgabe, die du so gut wie möglich *selbstständig* durchzuführen hast. Also denk gefälligst nach. Das ist die Prüfung, die *du* bestehen musst." Ich konnte das Gift nicht aus meinem Tonfall heraushalten, ging zurück zu meinem Schreibtisch und hörte die Mädchen kichern.

Ich setzte mich wieder und starrte aus dem Fenster auf die rauchende Clique auf der anderen Seite des Schulhofs. Baptist saß dort mit zwei Jungen.

Jahrelang hatte ich an das Glück geglaubt. Ich hatte fest daran geglaubt, voller Zuversicht, ohne jeden Vorbehalt. Ich hatte Geschmack daran gefunden und wollte nicht wahrhaben, dass ich dieses Glück früher oder später verlieren könnte. Nicht ich hatte den Verrat begangen. Malin hatte sich in die Arme eines anderen geworfen. Während der ganzen Zeit, in der wir uns liebten, dachte ich, dass es mir gelungen sei, meine Liebe auf einen anderen Menschen zu übertragen. Dass sie erwidert wurde. Aber unerwiderte Liebe war lediglich eine Obsession. Der Gedanke löste einen intensiven, hartnäckigen Schmerz aus – ein solch süßer Wahn würde sich nicht einfach in nichts auflösen.

Loslassen! Alles musste ich loslassen!

Wenn ich wollte, könnte ich in der Welt der tröstlichen Illusion weiterleben. Ich könnte es mir erlauben, mich von einer falschen Realität täuschen zu lassen. Oder ich könnte eine andere Illusion errichten, um meine wahren Absichten zu verbergen.

Wenn Baptist keine Lösung in unserem Mentoring sah, dann würde ich das akzeptieren, die Meinung seines Vaters tangierte mich ohnehin nicht. Groteskerweise war Baptist mein Mentor geworden. Diesen Triumph konnte ich ihm nicht lassen. Er konnte sich meinetwegen durchboxen und das tun, was er für richtig hielt. Sobald es aber einen Grund gäbe, würde ich ihn von der Schule schmeißen lassen. Baptiste musste nur mit seinem Zigarettenstummel den Raucherbereich verlassen, und ich würde ihn mir greifen. Er bekam nur das, was er verdiente.

Das wäre mein erster Vergeltungsschlag.

Loslassen!

Paul hatte mir das Herz gebrochen.

Moreau und Malin!

Wenn er weg war, würde sie wieder mein sein.

ALLES EASY

Ich parkte meinen Wagen vor dem Haupteingang des Bahnhofs von Lion-sur-Mer, aber in einer der hinteren Parklücken, und brachte das Lenkrad in eine Position, in der ich den Wagen wieder bequem aus der Lücke manövrieren konnte. Den Schlüssel ließ ich im Zündschloss und verriegelte außerdem die Türen nicht. Dann stieg ich aus dem Auto aus und schlenderte zum Platz vor dem Bahnhofsgebäude.

Vor ein paar Jahren hatte ich eine Fernsehsendung über Beschaffungskriminalität in den französischen Städten gesehen. „Es ist ein Kinderspiel, an Waffen oder Drogen heranzukommen", behauptete der Reporter. Er begann seine Suche auf den Plätzen vor den Bahnhofsgebäuden und wurde dort stets fündig. Über die versteckte Kamera konnte man das Geschehen mitverfolgen.

Der Bahnhofsplatz in Lion-sur-Mer war nicht überfüllt. Eine Viertelstunde lang stand ich vor dem Eingang und musterte die gehetzten Gesichter von Schulkindern, von Männern mit Aktenkoffern, Frauen mit Kindern an der Hand, jungen Vätern hinter einem Kinderwagen. Alle diese Menschen waren in Bewegung. Ihre Augen waren nach innen gerichtet, und sie bewegten sich mit einer Selbstverständlichkeit vorwärts, die verriet, dass sie ihren Weg täglich beschritten.

Es war natürlich ein Wagnis, mich in der Öffentlichkeit zu zeigen – überall waren Kameras angebracht –, eine Art Selbstmordversuch, erkannte ich mit einem Mal. Aber ich blieb ruhig und wachsam und spürte, dass mein Mann sich irgendwann zeigen würde.

Er kam nach etwa einer halben Stunde. Der Junge blieb vor der Infotafel in der Mitte des Platzes stehen, lehnte sich lässig gegen das Plexiglas und spähte in alle Richtungen. Nasses, gegeltes

Haar, Kapuze mit Fellkragen, Hose mit tiefem Schritt. Er holte eine Schachtel Zigaretten aus seiner Jackentasche, zog eine mit den Lippen heraus und zündete sie lässig an. Den ersten Rauch blies er hoch, schaute mit zusammengekniffenen Augen auf die wirbelnde Wolke, die sich langsam auflöste, und betrachtete dann anerkennend den Joint, den er in der Schachtel versteckt hatte.

Ich ging in einem weiten Bogen um den Jungen herum und blieb auf der anderen Seite der Informationstafel stehen, sodass ich nur noch seine Beine sah. Er trug Turnschuhe und verlagerte ständig sein Gewicht. War er nervös? War ihm kalt? Wie sollte ich ihn ansprechen? Ich sah mein Zögern im Glas der Informationstafel gespiegelt. „Was habe ich schon zu verlieren", murmelte ich. Buchstäblich nichts.

Ich ging auf die andere Seite der Informationstafel und stand jetzt etwa einen Meter von dem Jungen entfernt. Der Geruch von Cannabis stieg mir in die Nase.

Er blickte erschrocken auf und drehte sich sofort um. Ich tat, als würde ich die Fahrzeiten studieren, und sah durch die Reflexion, wie der Junge plötzlich seine Hand hob und die Kippe wegschnippte. Vor der Tür des Bahnhofsgebäudes, etwa an der Stelle, an der ich eine halbe Stunde lang gestanden hatte, umarmte er ein blondes Mädchen und verschwand mit ihr ins Bahnhofsgebäude. Sie legte ihren Kopf auf seine Schulter, und der Junge drückte ihr einen Kuss auf das blonde Haar.

Ich kam mir unendlich lächerlich vor.

Ich benötigte dringend eine Waffe, und nur diese Erkenntnis half mir, all diese Widerwärtigkeiten in Kauf zu nehmen. Mit einer Waffe könnte ich Moreau die Geheimnisse entlocken, die Malin so verzweifelt zu verbergen versucht hatte.

Als ich mich wieder in den Wagen gesetzt hatte, döste ich ein und träumte, dass ich am Morgen ins Auto stieg, um zur Schule zu fahren. Ich war in Eile. Das Duschritual hatte zu lange gedauert, und meine erste Unterrichtsstunde sollte schon bald beginnen. Als ich rückwärts aus der Garage fuhr, drehte ich das Lenkrad scharf nach links, um zu wenden, und hörte einen dumpfen Aufprall hinter mir. Ich trat auf die Bremse und fluchte, weil ich den Zaun zwischen dem Rasen und der Einfahrt getroffen hatte, mir blieb jedoch keine Zeit, den Schaden in Augenschein zu nehmen.

Ich raste nach Lion-sur-Mer, parkte auf dem Schulhof und stolperte gerade noch rechtzeitig ins Klassenzimmer. Kein einziger Schüler saß an seinem Platz, sie standen alle vor dem Fenster. Ich schloss mich ihnen an und schaute hinaus. Die Stoßstange am Heck meines Autos war stark beschädigt, und Lilous Kopf hing wie ein halber Fußball daran.

Ein Schüler wandte sich um und sagte: „Sie sollten lieber zur Werkstatt fahren." Dann schlugen die Kinder rhythmisch ihre Fäuste gegen das Fenster.

Ich wachte erschrocken aus einem kurzen, aber tiefen Schlaf auf. Der Junge mit dem gegelten Haar stand neben meinem Auto und tickte mit dem Zeigefinger gegen die Scheibe. Verwirrt öffnete ich die Tür und stieg aus. Mein Kopf fühlte sich schwer an, ich zitterte am ganzen Körper. Meine Muskeln schmerzten.

„Alles easy?" Der Junge scannte die Umgebung, zog die Zigarettenschachtel heraus und fischte wieder mit der Zunge einen Joint heraus.

Mein Herz machte einen Sprung. *Das ist mein Mann.* Ich hatte also doch richtiggelegen.

„Nicht wirklich", antwortete ich. „Ich brauche etwas, und zwar dringend."

„Was denn?"

„Keinen Joint. Einen rauchenden Colt."

„Wir dealen hier nicht mit Waffen."

„Und wo dealt man damit?"

Der Junge zuckte mit den Schultern und drehte sich um.

Enttäuscht startete ich meinen Wagen und fuhr vorsichtig aus der Parklücke. Ich hatte die Nase voll von den Entscheidungen, die ich in letzter Zeit getroffen hatte. Es war naiv von mir zu glauben, dass ich mir an einem Wochentag in Lion-sur-Mer illegal eine Waffe beschaffen könnte. Außerdem war ich schon wieder das Risiko eingegangen, erkannt zu werden. zunichte machen. Der Gedanke macht mich nervös.

Am Ende des Parkstreifens, gerade als ich in die Straße einbiegen wollte, sprang der Junge plötzlich geduckt zwischen zwei geparkten Autos heraus. Gerade noch rechtzeitig konnte ich bremsen.

Er legte einen Zettel unter den Scheibenwischer und verschwand. *Darknet, Art Blue.*

Ich lächelte. Das war ja wie ein Geschenk des Himmels. Moreau würde seine Macht über mich bald verlieren, halleluja!

Macht, was für eine seltsame Sache … Moreau glaubte sie zu besitzen, und auch ich begehrte sie. Kriege tobten um sie, doch wahre Macht konnte niemals gewonnen oder verloren werden. Wahre Macht kam tief aus dem Inneren. Man sollte sie nie leichtfertig mit ihr spielen wie Moreau, denn die Konsequenzen konnten furchtbar sein. Man merkte meist viel zu spät, dass sie einen längst verlassen hatte wie eine untreue Frau.

Als ich wieder aufblickte, war der Junge spurlos verschwunden, wie der Zettel, den der Wind durch die Lüfte davontrug.

EIN TEIL VON MIR

Eineinhalb Wochen nach Lilous Beerdigung rief Paul Moreau an. Nachdem ich meinen Namen genannt hatte, entstand eine kurze Stille, als wäre er überrascht, meine Stimme zu hören. Dann vernahm ich: „Wie geht es dir, Jules?"

Ich unterdrückte den Drang, die Verbindung sofort zu unterbrechen. „Beschissen", antwortete ich. „Trauer ist wie ein Hunger, der nicht gestillt werden kann."

„Schön gesagt", erwiderte er. „Unsere Schüler bringen ihre ganzen Emotionen mit in den Unterricht, und beruflich können wir nichts anderes tun, als diese Emotionen möglichst gut nachzuempfinden. Aber sobald es das eigene Kind betrifft, versteht man plötzlich, dass man die Gefühle der anderen niemals verstanden hat."

Malin saß am Esstisch und las, ihr Blick ging aber ins Leere, sie blätterte nicht ein einziges Mal um.

„Wie achtsam", erwiderte ich bitter.

„Hör zu, Jules. Offiziell darf ich dir vier Urlaubstage für einen Trauerfall gewähren, du bist jetzt seit eineinhalb Wochen zu Hause. Das ist in Ordnung. Fühl dich nicht gehetzt und bleibe diese Woche auch noch daheim, wir sehen uns am Montag wieder. Ich denke, es wird für alle das Beste sein, wenn du dann wieder mit dem Unterricht anfängst."

Ich wollte antworten, aber Moreau fuhr fort. „Wenn du aber länger zu Hause bleiben möchtest, weil du es noch nicht erträgst, wieder vor anderen Kindern zu stehen, ist das auch in Ordnung. Nimm dir alle Zeit, die du brauchst, um mit deiner Trauer fertigzuwerden. Allerdings musst du dich dann krankmelden, und ich benötige ein Attest."

Vor anderen Kindern zu stehen ... War das nun Mitleid gewesen oder eine fiese Anspielung?

Ich sah Malin an und dachte: Wer ohne Sünde ist, der werfe den ersten Stein. Die Moreaus waren nicht ohne Sünde und Malin auch nicht. Nur ich war ohne Sünde und würde den ersten Stein werfen, wenn es an der Zeit war.

Vorerst würde ich Moreau und meine Frau weiter in dem Glauben lassen, dass ich ahnungslos war. Die Stille war die einzige Antwort auf Lilous Tod.

Ich hätte mich umziehen sollen, bevor ich nach Tailleville fuhr. Seit sich der Nebel gelichtet hatte, sank die Temperatur stündlich, und mittlerweile konnte es maximal fünf Grad über null sein. Die Kälte drang durch meinen flatternden Jogginganzug und legte sich auf meine Haut.

Ich hatte im Darknet die Seite *Art Blue* ausfindig gemacht, deren Betreiber behaupteten, Waffen problemlos beschaffen zu können. Ich überwies den geforderten Betrag auf ein ausländisches Konto auf den Cayman Islands. Am übernächsten Tag erhielt ich mittags eine verschlüsselte E-Mail, dass die Waffe um Punkt fünfzehn Uhr am Art Blue-Denkmal in Tailleville hinterlegt würde. Ich musste mich also beeilen.

Im Park behielt ich das blaue Kunstwerk im Auge. Der Wind wirbelte Laub über die Skulptur, die aus einem blauen Kreis bestand, der auf einer ebenso blauen Stange ruhte. Die Inspiration des Künstlers konnte ich darin nicht erkennen, aber ich erkannte, dass sie sich nicht als Versteck für eine Waffe eignete.

Vor ein paar Jahren hatte ich Clement Dubois gefragt, wann er ein Objekt als *Kunst* bezeichnete.

„Ganz einfach", antwortete Clement. „Das ist in erster Linie eine Sache des Künstlers. Nur er weiß, ob er die Absicht hat, Kunst zu kreieren."

Ich hob verständnislos die Augenbrauen. „Wenn ich also zwei Aschenbecher zusammenklebe und glaube, ich hätte damit etwas Kunstvolles geschaffen, dann ist das für jeden ein Kunstwerk?"

„Sobald ein Museum oder eine Galerie das Werk ausstellt, ja. Und dann gibt es noch so etwas wie eine öffentliche Meinung. Wenn genug Leute dem Künstler zustimmen, dann könnte man sagen, dass er wirklich Kunst geschaffen hat. Letzteres ist aber schwierig, denn was der eine als inspirierend empfindet, ist für den anderen banal. Es ist eine Frage der Wahrnehmung. Mehrere Wahrnehmungen können sich völlig widersprechen, wie auch im wirklichen Leben. Innerhalb ein und derselben Realität können Menschen in völlig unterschiedlichen Welten leben. Nimm unser Gespräch: Ich finde es inspirierend, während du heute Abend vielleicht am Esstisch sitzt und seufzt, wie langweilig dieser Clement doch ist."

„Suchen Sie jemanden?"
Mein Herzschlag beschleunigte sich. Gedankenversunken hatte ich nicht mehr auf die blaue Skulptur geachtet und sah jetzt auf die Uhr. Viertel nach drei.
„Nein", antwortete ich gereizt.
„Sie lungern aber schon eine ganze Weile hier herum." Aus einem blassen Gesicht scannten mich tief liegende Augen von Kopf bis Fuß.
Ich zeigte auf die blaue Skulptur. „Ich habe nur das Kunstwerk bewundert."
„Dann finden Sie darin vielleicht eine Inspiration", erwiderte er, tippte sich lächelnd an die Stirn und verschwand wieder.
Ich ging auf die Skulptur zu, dachte, wie einfach es doch war, eine Waffe zu beschaffen. Ein kurzes Gespräch mit einem Jungen aus Lion-sur-Mer und ein weiteres mit einem hier in Tailleville, mehr hatte es nicht gebraucht.
„Sie werden hier nicht finden, was Sie suchen, Monsieur." Die Stimme kam von der anderen Seite des Kunstwerks. Mein Herzschlag beschleunigte sich. Plötzlich spürte ich, dass ich besser von hier verschwinden sollte, solange ich noch konnte. Zu bleiben würde unweigerlich bedeuten, mich in Gefahr zu bringen.
„Komm mit!" Wir durchquerten den Park bis zu einem kleinen, finsteren Parkhaus, außerhalb der Sichtweite neugieriger Augen.
„Wofür braucht jemand wie du ein Schoßhündchen? Um Mami zu beschützen, wenn Papi nicht zu Hause ist?"

„Meine Frau und meine Tochter sind tot", sagte ich ehrlich. „Und ich kenne die Schuldigen."

„Hm … dann soll das Schoßhündchen die wohl ein bisschen ankläffen, damit sie Angst kriegen?" Der Mann spuckte auf den Boden. „Ich kann dich gut verstehen, Kumpel", sagte er. „Ich habe selbst zwei Töchter und könnte den Gedanken nicht ertragen, eine von ihnen zu verlieren. Aber ich muss dir trotzdem etwas verklickern, so leid es mir tut."

„Wohin gehen wir eigentlich?", fragte ich vorsichtig.

Mit einer Agilität, die ich ihm nicht zugetraut hätte, drehte er sich plötzlich zu mir um.

Erschrocken machte ich zwei Schritte zurück bis zur Parkhauswand.

„Bei solchen Bastarden wie diesem dämlichen Jungen am Bahnhof in Lion-sur-Mer besteht eine vierzigprozentige Chance, im Knast zu landen." Er spielte mit den klobigen Ringen an seiner rechten Hand. „Aber Amok laufende Väter wie du geben mir eine hundertprozentige Garantie, dass mir die Bullen eines Tages auf die Pelle rücken. Es ist echt scheiße, dass deine Tochter tot ist, aber verdammt noch mal, geh nach Hause, du Amateur, und melde dich für eine Therapie an."

„Ich würde Sie niemals einer Gefahr aussetzen …", beteuerte ich.

Der Mann seufzte einmal tief. Dann packte er mich plötzlich an der Kehle. „Ich glaub, du hast mich nicht verstanden. Du gehst jetzt nach Hause, oder ich poliere dir die Fresse." Er fixierte mich kurz und sagte kopfschüttelnd: „Ach was solls."

Er legte seinen Kopf zurück, wie eine Feder, die unter Spannung gesetzt wird, und bewegte ihn blitzschnell in Richtung meiner Nase.

Es war zu spät, um auszuweichen …

Zwei Wochen nach Lilous Beerdigung war unser Haus, die Scheune und alles, was uns umgab, von einer erdrückenden, geradezu schmerzlichen Stille durchdrungen.

Am Sonntagnachmittag saß ich im Sessel am Fenster. Malin stand vor dem Bücherregal und starrte eine Zeit lang auf die

Rückseiten der Bände. Ihr regloser Blick berührte mich: die linke Hüfte, die das Gewicht ihres Körpers trug, ihr leicht geneigter Kopf, das blonde Haar, das wie Trauerweidenzweige über ihre linke Schulter hing.

Ich ging auf sie zu und legte vorsichtig meine Arme um sie. Ein paar Augenblicke lang standen wir dort in einer Umarmung. Dann entzog sie sich meiner Zärtlichkeit und sagte: „Bitte nicht."

Ich verstand. Hier ging es um den anderen Mann. Ich musste beide in dem Glauben lassen, dass ich ein Versager war, dem man auf der Nase herumtanzen konnte. Ich starrte Malin an und dachte, dass ich, um meine Illusion erfolgreich aufrechterhalten zu können, ihr Vertrauen gewinnen musste. Meine falsche Realität musste so authentisch sein wie ihre. Jedes Detail musste von mir sorgfältig bedacht werden. Die kleinste Unvollkommenheit konnte die Illusion platzen lassen, und dann würden meine wahren Beweggründe enthüllt werden. Ich wollte Moreaus Tod und Malins Reue. Ersterer war nur ein Mittel zum Zweck, er diente nicht der Sühne, sondern Moreaus Bestrafung sollte Malin erlösen. Ich wollte sie wieder in meine Arme schließen, sie meine Frau nennen.

Ich ergriff ihre Oberarme, versuchte eine liebevolle Geste, doch Malin trat einen Schritt zurück. Ich war noch nicht bereit aufzugeben und ging mit. Plötzlich hatte die Situation etwas Unangenehmes. Ich spürte, wie sie ihre Arme stärker nach hinten bewegte, und reflexartig verstärkte auch ich den Griff.

Sie will keinen körperlichen Kontakt. Sie tröstet sich nur mit dem anderen!

„Wir müssen uns jetzt gegenseitig unterstützen", sagte ich schnell. „Ich will für dich da sein. Lass mich dich halten. Du darfst ruhig weinen."

Mit einem endgültigen Ruck entzog sie sich mir. „Hör auf!", keifte sie mich an. „Hör auf, mir zu sagen, was ich tun soll, wie ich es tun soll oder was ich fühlen soll. Ich entscheide selbst, wie meine Trauer aussieht. Ich habe Lilou *in mir* gedeihen lassen! Was weißt du schon über meinen Schmerz?" Sie wandte sich von mir ab und flüsterte: „Für eine Mutter ist es ganz anders als für einen Vater."

„Ich wüsste nicht, wo da der Unterschied sein sollte. Glaubst du, ich habe sie weniger geliebt?"

„Ich habe ein Kind verloren, das einst ein Teil von mir war. Das IST ein großer Unterschied."

„Lilou war auch mein Kind! Wovon redest du?", rief ich entsetzt und erstarrte, als Malin einen Schritt nach vorne machte und ihren Zeigefinger heftig gegen mein Brustbein stieß. „Ich sag dir was. Wenn du nicht weißt, was der Unterschied ist, dann holen wir jetzt das Fleischerbeil aus der Küche und schneiden dir den Schwanz ab. Dann wirst du merken, was es heißt, einen Teil von sich zu verlieren, und wenn du vor Schmerzen schreist, werde ich dich liebevoll umarmen. Dann verstehst du vielleicht."

GELIEFERT

Im Laufe des Tages war ich von meiner Schlussfolgerung restlos überzeugt: Meine Frau und Paul Moreau schliefen regelmäßig miteinander.

Ich konnte die Abiturklasse in der vierten Stunde nicht mehr begeistern, die anfängliche Euphorie kam zum Stillstand und wich der Lethargie. Die Schüler hingen wie Zombies in den Bänken. Einige von ihnen hatten keine Hausaufgaben gemacht, wie ich bei einer Überprüfung feststellte, andere hatten „leider" ihr Heft vergessen, was auf dasselbe hinauslief.

Verärgert erteilte ich Strafarbeiten, etwas, was ich sonst in einer Abiturklasse nie tat. Die Schüler reagierten entrüstet, ihre Erregung ebbte aber ab, als ich meine Stimme gegen sie erhob.

Nach der Mittagspause strömten die Drittklässler lautstark in mein Klassenzimmer. Die Mädchen lehnten sich kichernd mit dem Rücken gegen die Heizung, und die Jungs purzelten wie Welpen übereinander. Die Geräusche drangen mit Wucht in meinen Schädel. Wütend warf ich alle aus dem Klassenzimmer und befahl den Schülern, wieder hereinzukommen, aber diesmal ohne einen Mucks von sich zu geben. Mein frostiges Verhalten zeigte Erfolg: Die Kinder verhielten sich während der ganzen Stunde ruhig.

Ich fragte mich, ob auch Clement etwas über die Affäre von Malin und Moreau wusste? Er hatte mir immerhin geraten, das Buch von Moreau sorgfältig zu lesen. Sollte ich darin nach Hinweisen suchen? War Clement sich der Situation bewusst und traute sich nicht, es mir zu sagen? Das erschien mir plausibel. Dubois war sanftmütig, er konnte nicht anders, aber das machte ihn zu einem Feigling.

Ich dachte an unser Gespräch vor dem Supermarkt in Plumetot zurück und kam zu dem Schluss, dass er mir einen Hinweis hatte geben wollen. *Dieser Idiot ist extrem gefährlich.* Clement hatte es gesagt, als Moreau davonraste. Das war eine eindeutige Warnung, dem Rektor der Schule nicht zu vertrauen. Oder meinte er sogar, dass ich mich vor Moreau in Acht nehmen müsse?

In der letzten Stunde des Tages schickte ich drei Jungen und zwei Mädchen nach nur zehn Minuten zum Teamleiter. Ich hatte sie klar und deutlich gebeten, während des Unterrichts still zu sein, sie hatten hingegen das Bedürfnis, sich immer mal wieder schnell auszutauschen. Eines der Mädchen hatte Tränen in den Augen. Es war mir egal. Menschen verletzten sich ständig gegenseitig im Leben. Daran sollten sie sich schon mal gewöhnen.

Wenn Clement es wusste, dann wusste es auch mein Chemiekollege Manfred Hesse, denn beide waren privat befreundet, und Manfred war eine grauenvolle Klatschbase. Wem hatte er das alles wohl sonst noch erzählt? Warum hatten einige Kollegen unangenehm reagiert, als ich während der Lehrerkonferenz aufgestanden war? Was wussten sie über mich?

Am Ende des Nachmittags fischte ich *Mindmapping der Achtsamkeit*, dieses verabscheuungswürdige trojanische Pferd, das man mir ins Haus geschmuggelt hatte, wieder aus dem Mülleimer, wischte ein paar Tropfen Red Bull, die Reste eines übrig gebliebenen Joghurtdrinks und einige Brotkrümel vom Cover und steckte das Buch in meine Tasche. Heute Abend würde ich es in den Kamin werfen – mit ein paar Monaten Verspätung. Seite für Seite. Dabei würde ich, ohne ein Wort zu sagen, nach den kleinsten Veränderungen in Malins Gesicht Ausschau halten, während meine Tat in ihr Bewusstsein drang.

Ich packte meine Sachen, stellte die Tische wieder in ordentliche Reihen, schloss alle Fenster, wischte die Tafel ab und schloss einen Moment später das Klassenzimmer ab. Ich wollte nach Hause, obwohl es noch zu früh war.

Als ich meine Tasche zehn Minuten später in den Kofferraum legte, vernahm ich deutlich die Stimme von Baptist Moreau hinter mir. Ich drehte mich alarmiert um, aber er war nirgends zu sehen. Hatte sich dieser Junge so in meinem Gehirn eingenistet, dass ich anfing, mir seine Stimme einzubilden? Doch dann hörte ich ihn wieder hinter der Holzwand, die den Fahrradschuppen vom Schulhof trennte.

„Das ist mein Preis. Damit musst du dich abfinden", sagte er.

„Verdammt, das ist viel teurer als letzte Woche!" Die jammernde andere Stimme kam mir auch bekannt vor: Gérard Rosanne, ein Junge aus einer meiner Klassen.

Baptist klang irritiert. „Wenn du es nicht willst, musst du es nur sagen, ich werde das Zeug schon los. Und trete einen Schritt zurück. Der Hausmeister könnte dich sehen, wenn er aus dem Fenster schaut."

„Ich sage doch nicht, dass ich es nicht möchte. Ich finde nur, dass es dieses Mal ein bisschen zu teuer ist, das ist alles."

Mein Herz machte einen Sprung. Das war meine Chance, und sie wurde mir auf einem Silbertablett serviert, als hätten die Götter meine Wünsche erhört. Ich konnte mich an Baptist rächen und zugleich seinem erbärmlichen Vater einen Schlag versetzen. Es war so einfach. Eine offizielle Meldung würde unwiderruflich zum Schulverweis führen. *Sohn des Rektors dealt auf dem Schulhof.* Das wäre eine schöne Schlagzeile für die Boulevardblätter.

Ich ging so leise wie möglich zur Holzwand, spähte um die Ecke. Der Geruch von Cannabis drang in meine Nase.

Baptist stand mit dem Rücken zu mir und nahm einen tiefen Zug. Gérard Rosanne lehnte an der Wand. Eine dichte Rauchwolke wirbelte um ihre Köpfe. Baptist hielt Gérard ein durchsichtiges Tütchen Gras hin, das Gérard blitzschnell nahm. Baptist steckte ein paar Geldscheine in seine Jackentasche. „Es ist vielleicht diesmal ein bisschen teurer, aber es ist verdammt gutes Zeug, absolut vom Allerfeinsten", sagte er und nahm einen weiteren Zug.

Das war mein Stichwort. „Ich störe ungern", sagte ich, „aber ich wollte nur sagen: Ihr seid geliefert!"

Baptist lief mir nach. Ich hörte seine Schritte auf dem begehbaren Gitterweg vor dem Eingang der Schule und auf dem Steinboden der Garderobe. Sie kamen näher und näher. Kurz bevor ich die

Eingangshalle durchquert hatte, packte er mich am Arm. Seine Finger krallten sich in meinen Pullover.

„Tun Sie das nicht", sagte er. Sein flehender Tonfall gab mir das Gefühl, stärker zu sein, als ich war. Ich entzog mich seinem Griff. Was erlaubte sich dieser Schnösel?

„Ich kann darüber nicht hinwegsehen, Baptist. Das hättest du dir früher überlegen müssen." Ich ging weiter, aber Baptist lief um mich herum und versperrte mir den Weg.

„Das wäre ziemlich unvernünftig, Monsieur Lefèvre", sagte er mit eisiger Stimme. Die plötzliche Kälte in seinen Augen ließen mich kurz erschaudern.

„Nein, dir eine zweite Chance zu geben, war unklug. Während der Lehrerkonferenz hätte ich meinen Mund halten sollen. Ich werde diesen Fehler heute korrigieren." Wie achtsam ich doch war! Ich hatte ruhig, aber bestimmt gesprochen. Die gute Nachricht war, dass ein Entschluss gefasst werden konnte. Bei *Mindmapping der Achtsamkeit* ging es um Entscheidungen, und ich hatte eine getroffen. Paul Moreau sollte stolz auf meine Selbstbeherrschung sein.

„Und der andere Junge?", fragte Baptist. Seine Augen waren nun weit geöffnet. Er kam mir jetzt eher ängstlich vor, und das fühlte sich sehr gut an.

„Du hast gehört, was Gérard mir versprochen hat, du hast danebengestanden. Er wird gegen dich aussagen, wenn ich ihn verschone. Ich werde einen Weg finden, das zu tun. Er wird mit einer internen Rüge davonkommen."

Baptist kniff seine Augenlider zusammen. „Oh Mann, versuchen Sie gerade, mich zu verarschen?"

Stille.

„Verdammt! Warum wollen Sie *mich* fertigmachen?"

Ich beugte mich vor und sagte leise: „Du bist an dieser Schule erledigt."

Baptist beugte sich ebenfalls vor. „Es gibt jemanden, der darüber gar nicht glücklich sein wird", zischte er, atmete tief ein und aus und schüttelte heftig den Kopf. „Ganz und gar nicht glücklich, ist sogar eine glatte Untertreibung."

Ich trat einen Schritt zurück. „Natürlich wird dein Vater wütend sein, aber das ist kein Grund für mich, dein Vergehen nicht zu melden. Du bist an dieser Schule schon mit zu viel davongekommen, aber an einer Schule Drogen zu verkaufen ist eine ernste Sache, kein Kavaliersdelikt wie Schwänzen, Unhöflichkeit, Nicht-Erledigen von Hausaufgaben, Schlägereien und Vandalismus. Und im juristischen Sinne ist es übrigens eine Straftat. Dein Vater wird das verstehen, ohne mir Vorwürfe zu machen. Er kennt die Schulregeln und die Grenzen der Zumutbarkeit."

Baptist grinste böse. „Und Sie wollen ein Vertrauenslehrer sein. Ein Mentor? Mann, Sie verstehen gar nichts. Ich muss hierbleiben. Ich muss in der Schule bleiben!" Den letzten Satz schrie er mir ins Gesicht und drückte mit beiden Händen hart gegen meine Brust.

Ich stolperte rückwärts und schaffte es nur mit Mühe, mich aufrecht zu halten. Sofort verspürte ich das Bedürfnis, dem Jungen einen harten Fausthieb zu verpassen und ihm die Nase zu brechen. Nur drei Schritte, um zu einem kräftigen Schlag auszuholen, danach würde er wimmernd auf dem steinernen Boden liegen.

Ich unterdrückte meine aufgestaute Wut und schaute auf meine Brust, als hätten Baptists Hände dort einen Abdruck hinterlassen, strich meinen Pullover glatt und wandte mich wieder dem Jungen zu. Sein Gesicht war angespannt. Seine Hände waren zu Fäusten geballt. Seine Arme hielt er leicht angewinkelt, wie ein Westernheld, der bereit war, seine Waffe aus dem Halfter zu ziehen.

Ja, dachte ich, *jetzt ist Baptist bereit für mich*. Der Junge fand keine Worte mehr. Er kapitulierte.

Ich richtete mich kerzengerade auf. „Dein Vater wird enttäuscht sein, wenn du die Schule verlassen musst, aber er wird nicht von mir, sondern von dir enttäuscht sein. Du versuchst auf jämmerliche Weise zu retten, was zu retten ist, weil du glaubst, mich unter Druck setzen zu können. Aber das wird nicht funktionieren." Ich zeigte in die Richtung des Lehrerzimmers.

Wir starrten uns an wie zwei Revolverhelden.

„Um etwas zu sühnen, Baptist, muss man Reue zeigen. Davon bist du weit entfernt. Nur durch Taten kann man den Schaden wiedergutmachen, der durch Verfehlungen entstanden ist. Erst wenn diese Taten vollbracht sind, ist die Schuld ein für alle Mal getilgt, und erst dann kannst du einen Neuanfang machen. Ich werde jetzt zum Rektor gehen und offiziell berichten, dass Baptist Moreau Gras an einen anderen Schüler verkauft hat und dass dieser Schüler bereit ist, gegen ihn auszusagen."

Ich drehte mich um.

Dieses Mal folgte er mir nicht.

DIE WIRKLICHKEIT

Meine Stirn knallte gegen die Fassade des Parkhauses, die Haut platzte auf, die Nase blutete heftig. Auf der Stelle stiegen mir Tränen in die Augen. Nur unscharf wurde ich gewahr, dass mein Angreifer einen Schritt zurücktrat und seinen Arm nach hinten bewegte, um meinen Kopf als Sandsack zu benutzen. *Mach etwas, sofort!*

Ohne zu zögern und ohne einen Gedanken daran zu verschwenden, hob ich ein Bein und trat den Mann in den Schritt. Er fiel sofort zu Boden und krümmte sich vor Schmerzen.

Das war meine Chance. In Windeseile lief ich davon in Richtung Park, ignorierte den Wind und die Kälte, ignorierte das Blut, das aus meiner Nase lief, und schaute nicht ein einziges Mal zurück. Wenn ich jetzt hinfiel, wäre das mein Ende. Der Typ würde mich nie wieder aufstehen lassen. Er würde sich auf mich stürzen. Ich wedelte wie wild mit den Armen und rannte vorwärts, ständig in Gefahr, das Gleichgewicht zu verlieren. Gehetzt warf ich immer wieder einen Blick über die Schulter zurück. Pfeifend ging der Atem durch meine ausgedörrte Kehle. Ich ignorierte jedes Geräusch, erlaubte mir keinen einzigen Gedanken an das, was hinter mir lag. Zum ersten Mal, seit ich Malins Trauerzug verlassen hatte, spielten meine Frau und meine Tochter keine Rolle bei dem, was ich tat. Ich wollte nur weg von hier.

Es war still in Tailleville, still in meinem Kopf. Es waren kaum Menschen in dem Ort unterwegs. Ich rannte unter einem klaren blauen Himmel, der keine Spur von dem grauen Leben dieses Morgens zeigte, bis ich zu einer kleinen Einkaufsstraße kam. Meine Lungen brannten, und ich ging im Schritttempo weiter. Erst jetzt spürte ich den Schmerz in meinem Kopf und Nacken.

Ich zitterte am ganzen Körper, hinter meiner Stirn pochte mein Gehirn. Ich hatte Mühe, meine Atmung zu kontrollieren.

Weiter unten in der Einkaufsstraße und umgeben von Menschen, wähnte ich mich in Sicherheit. Mein schwankender Blick fiel auf die Standuhr in der Passage, und das Triumphgefühl kehrte zurück, zusammen mit einer anschwellenden Woge gerechten Zorns. Hier würde der Typ mich nicht erwischen. Keuchend blieb ich stehen, beugte mich kurz vor, schloss die Augen und holte ein paarmal tief Luft.

Wer nach den Gesetzen der Achtsamkeit lebt, lebt mit dem Gefühl, in der Wirklichkeit willkommen zu sein, auch wenn hier Krankheit, Leid und Tod existieren. Eine von Moreaus idiotischen Phrasen.

Ich habe mich in keiner Weise in der Wirklichkeit willkommen gefühlt. Ob ich nun tief einatmete oder versuchte, die Kontrolle über meine Mission zu behalten – ich litt entsetzlich unter dem Verlust meines Kindes und meiner Frau, das wusste ich inzwischen. Mir wurde schwindelig bei dem Gedanken an Malin, und plötzlich hatte ich ihren baumelnden Leib vor Augen. Ihre Füße zeigten zum Boden, der gestreckte Hals trug die Last ihres ganzen Körpers. Mein Herz stolperte.

Auf den Pflastersteinen hatte sich eine kleine Blutlache gebildet. Ich hielt den Kopf leicht zurück und drückte die Nase zu. Ein Passant schaute erschrocken auf mein Gesicht und wandte schnell seinen Blick ab. Er bot mir keine Hilfe an, sondern lief in einem großen Bogen um mich herum.

Willkommen in der Wirklichkeit!

Ich drehte mich um und spiegelte mich in einem Schaufenster. Auf der anderen Seite der Fensterscheibe gestikulierte eine junge Frau, aber das grelle Sonnenlicht machte es schwer zu erkennen, was sie genau tat. Ich legte meine Hand an die Stirn und lehnte mich gegen das Glas. Die Verkäuferin zeigte auf den Eingang des Geschäfts. Dann fiel mein Blick auf die Auslagen: Handschuhe, Helme, Bälle, Schläger. Auf einem Schild stand: *Wir gratulieren dem Baseballteam von Lion-sur-Mer zum Meistertitel in der Division Élite.*

Einmal hatte Clement mich nach Lilous Tod gefragt, ob ich etwas bereue. Ich blieb ihm die Antwort schuldig. Vielleicht schämte ich mich, nicht für das, was ich getan, sondern für das, was ich vor Lilous Tod empfunden hatte. Ich hätte mir damals wie ein Unmensch vorkommen müssen, nicht weil ich ein Verbrechen begangen hatte, sondern weil ich die Stille zwischen Malin und mir vor Lilous Tod nicht bereute.

Die Verkäuferin presste sich die Hand auf den Mund, als ich in den Laden eintrat. „Oh mein Gott, kommen Sie, setzen Sie sich, Monsieur", murmelte sie und schob mir einen Stuhl hin.

Ich lehnte ab, ihr Mitgefühl ging mir auf die Nerven. Ich zeigte auf das Schaufenster mit den Baseball-Utensilien. „Was kostet denn so ein Schläger?"

Sie starrte mich mit großen Augen an. „Sind Sie in Ordnung, Monsieur?"

„Es sieht schlimmer aus, als es ist", versuchte ich sie zu beruhigen. Ich wischte mir mit dem Ärmel meiner Joggingjacke über das Kinn. „Ich bin vorhin gestürzt und voll mit dem Gesicht aufgeschlagen", antwortete ich knapp und zeigte wieder auf das Schaufenster. „Was kostet so ein Schläger?"

„Das hängt vom Typ ab, Monsieur. Holzmodelle sind die teuersten, und die …"

„Holz ist gut."

„Holz?" Die Verkäuferin starrte verzweifelt in mein Gesicht. „Wollen Sie sich nicht mit einem feuchten Tuch ein bisschen frisch machen und das Blut abwischen? Sie sehen schrecklich aus. Vielleicht möchten Sie sich doch einen Moment hinsetzen. Ich könnte Ihnen auch ein Glas Wasser bringen?"

Es gab also doch noch mitleidige Menschen. „Einen Schläger aus Holz, bitte."

Einen Moment lang zögerte sie, dann zeigte sie auf ein Regal direkt neben dem Schaufenster. „Sie können sich gerne selbst einen aussuchen, Monsieur."

Ich schnappte mir den längsten Baseballschläger aus dem Regal und schlug ein paar imaginäre Bälle in die Luft. Bei jedem Schlag machte der Schläger ein zischendes Geräusch, obwohl ich kaum Kraft aufwandte. Das war nichts so Illusionäres wie ein

Revolver, das war ein Stück Wirklichkeit, das man mit sich tragen konnte.

Was würde mit Moreaus Schädel passieren, wenn ich ihn mit voller Wucht träfe? Würde er aufplatzen wie einst Lilous Kopf? Würde auch sein Gehirn durch die Fraktur herausgepresst werden?

„Sie wollen doch hoffentlich keine Rache nehmen, Monsieur?", fragte die Verkäuferin.

Erschrocken drehte ich mich um. Also war ich doch noch erkannt worden! „Was meinen Sie?"

Sie zeigte auf meinen blutigen Mantel und schmunzelte. „Ich werde doch wohl nicht morgen in der Zeitung lesen, dass ein Mann, der in unserem schönen Ort angeblich gestürzt ist, den Typen, der ihm das angetan hat, in einer dunklen Gasse vermöbelt hat?"

Die Anspannung fiel von mir ab. Ich lachte, ging zur Kasse und warf hundert Euro auf die Theke.

HYBRIS

„Der Rektor ist gerade nach Hause gegangen, Monsieur Lefèvre." Die Putzfrau wischte mit einem Tuch über den großen Computerbildschirm auf Moreaus Schreibtisch. „Wenn Sie sich beeilen, erwischen Sie ihn noch auf dem Parkplatz." Mit zwei Fingern schob sie die Jalousielamellen auseinander und spähte nach draußen. „Oh, sein Sohn ist gerade in das Auto gestiegen, und die beiden fahren gerade weg …"

„Ich werde ihn am Montag aufsuchen", brummte ich. „Schönes Wochenende, Madame Joulard!"

„Schönes Wochenende, Monsieur Lefèvre!"

Genervt lief ich zum Parkplatz. Baptist hatte es gewusst. Er hatte mich so lange aufgehalten, bis er sich sicher war, dass sein Vater bereits in seinem Wagen auf ihn warten würde.

Vater und Sohn, ein raffiniertes Gespann. Sie spielten die Oberschlauen, aber sie hatten wohl kaum damit gerechnet, dass ich Baptist auf dem Schulhof auf frischer Tat ertappen würde, und es gefiel Ihnen nicht. Nur deshalb liefen sie jetzt vor mir davon. Um Zeit zu gewinnen. So konnten sie sich das ganze Wochenende Gedanken um eine angemessene Reaktion machen. Ich würde am Montag offiziell Bericht erstatten, dass ich Baptist beim Dealen hinter dem Fahrradschuppen erwischt hatte. Die Richtlinien und Vorschriften unseres Schulbezirks waren eindeutig: Baptist konnte nicht länger an unserer Schule bleiben.

Das Wochenende war auch für mich von Vorteil, denn ich hätte die Möglichkeit, meine Worte sorgfältig abzuwägen. Ich konnte mich notfalls einem Kollegen anvertrauen und ihn bitten, mich am Montag zum Treffen mit Moreau zu begleiten. Dann hätte ich einen Zeugen beim Gespräch mit dem Rektor. Vielleicht sollte ich Moreau am Montag auch von der Enthüllung seines Sohnes berichten und dass ich wusste, was vor sich ging. Dass er meine

Frau vögelte, verdammt noch mal! Und der Kollege sollte ruhig alles mithören. Die ganze Schule würde von Pauls schmutzigen Machenschaften erfahren. Wenn er ein Problem damit hatte, sollte er besser seine Finger von den Ehefrauen anderer Männer lassen.

Bleib jetzt ruhig!, befahl mir meine innere Stimme. *Zuerst einen Plan schmieden, erst dann gelingt die Konfrontation. Wut vernebelt den Verstand.*

Mein Wagen war der einzige, der noch auf dem Parkplatz stand. Freitags flohen meine Kollegen nach der letzten Unterrichtsstunde blitzschnell in ihr Privatleben, um der Geschwindigkeit, mit der die Tage vergingen, ein Schnippchen zu schlagen.

Ich stieg in meinen Wagen und fuhr langsam und mit einem einzigen Gedanken vom Schulhof: Am kommenden Montag werde ich Moreau Junior und Senior an den Pranger stellen. Malin würde ich vorerst im Unklaren lassen, das konnte Paul übernehmen. Ihr sagen, dass ich hart durchgegriffen hatte. Danach würde ich mit Schadenfreude beobachten, wie meine Frau sich bemühte, sich normal zu verhalten, wie sie versuchte, ihre Angst zu verbergen und sich an mich kuschelte, an den starken Mann. Ich würde sie wie einen Stichling im Gras zappeln lassen …

Das ganze Wochenende behielt ich Malin im Auge, sie zeigte jedoch keine Anzeichen von Unbehagen. Offenbar hatte Paul Moreau sie nicht über die Situation informiert. Oder sie war eine bessere Lügnerin, als ich es jemals für möglich gehalten hätte, und Täuschung und Verrat gingen ihr leicht von der Hand. Ich starrte sie immer wieder an, unfähig auch nur ein Wort zu sagen. Ob sie etwas gegen mich aushecke?

Am Samstagnachmittag ging sie in Lion-sur-Mer einkaufen und nahm Lilou mit. Am Ende des Nachmittags kehrte sie erleichtert zurück. Das Einkaufen sei sehr angenehm, aber anstrengend gewesen, sagte sie. Im Restaurant des *Grand Basar* hätten sie heiße Schokolade mit Schlagsahne getrunken, und Lilou hätte sich ein Geschenk aussuchen dürfen. Einfach so.

Hello Kitty-Aufkleber. Am Abend sagte Malin: „Lilou war so süß in den Geschäften. Sie hat nicht ein einziges Mal gequengelt." Dann nahm sie ein Bad und ging früh zu Bett.

Ich blieb noch lange im Wohnzimmer und dachte darüber nach, wie ich Moreau am Montag sagen würde, dass Baptists Zeit an unserer Schule vorbei war. Erst um drei Uhr nachts schlüpfte ich zwischen die Laken.

„Was hast du denn so lange gemacht?", fragte Malin mit schläfriger Stimme.

Ich drehte ihr den Rücken zu. „Über Vertrauen nachgedacht."

Sonntags tat ich so, als würde ich die Tests der Schüler kontrollieren, aber in Wirklichkeit schrieb ich immer wieder die Worte auf, die am nächsten Tag für Moreau bestimmt waren. Ich wollte in meiner Version der Geschichte keine Fehler machen und fühlte mich verpflichtet, Gérards Rolle in der ganzen Sache herunterzuspielen.

„Gibt es etwas, was du mir sagen möchtest?", fragte Malin am Sonntagabend.

„Was sollte das denn sein?", wehrte ich ab.

„Keine Ahnung. Du wirkst so angespannt", antwortete sie.

Lichtblitze sprangen plötzlich vor meinen Augen hin und her. Meine Kehle brannte vor Eifersucht, Trug und Stress. *Du hast mich betrogen. Du hast mich betrogen. Du hast ...*

Irgendwann verhallten die Worte in meinem Kopf wie in einem langen Korridor.

Montagmorgen wollte ich vor Moreau in der Schule sein, dort auf ihn warten und als Erster sein Büro betreten.

Lilou begleitete mich in die Garage und gab mir einen Abschiedskuss. „Spielen wir heute Nachmittag zusammen?", fragte sie.

Ich nickte, umarmte meine Tochter und gab ihr ein Versprechen. „Wir spielen heute zusammen, aber jetzt gehst du schnell wieder rein. Papa muss los."

Lilou hüpfte zufrieden in Richtung Haus. Ich stieg ein und fuhr rückwärts aus der Garage. Etwas zu schnell lenkte ich den Wagen in einer scharfen Kurve nach links und bremste zu spät. Die hintere Stoßstange krachte in den Zaun zwischen dem Garten und der Einfahrt. Ich machte mir nicht die Mühe nachzuschauen, denn ich sah im Rückspiegel, dass Malin aus dem Haus stürmte, und sie würde mich mächtig aufhalten. Ich musste in der Schule sein, bevor Moreau dort eintraf. Das war wichtiger als alles andere.

Ich musste ihm zuvorkommen.

Zwanzig Minuten später seufzte Moreau tief und klopfte mir auf die Schulter. Diesmal nicht unheilvoll. „Du hast dein Bestes als Mentor gegeben, aber wenn das wahr ist, was du sagst, dann werde ich natürlich die Konsequenzen ziehen. Durand wird zuerst informiert, und dann werden wir das Verfahren einleiten. Baptist wird die Schule verlassen müssen." Er presste kurz die Lippen aufeinander und schüttelte den Kopf. „Aller Augen werden in der nächsten Zeit wohl auf mich gerichtet sein. Es ist fast schon zur Gewohnheit geworden." Seine Augen waren wie immer stumpf, als ob das Leben darin fast erloschen wäre.

Und wieder dachte ich, dass er das Spiel perfekt beherrschte.

Fünfzehn Minuten später blickte ich während meiner ersten Unterrichtsstunde kurz aus dem Fenster und bemerkte die Delle an der hinteren Stoßstange meines Wagens. Ich zuckte die Schulter.

Ismay hob den Finger: „Ihr Handy vibriert, Monsieur Lefèvre. Sie werden angerufen."

Ahnungslos drückte ich meine Frau weg.

Erst einige Wochen später erzählte mir Clement Dubois, dass Moreau höchstpersönlich in der Pause eine Ansage an alle Kollegen der Schule gemacht hatte.

„Ich bedaure, Ihnen mitteilen zu müssen, dass mein Sohn seine zweite Chance nicht wahrgenommen hat. Ich kann nur hoffen, Sie geben mir nicht die Schuld an seinem Verhalten. Er wurde mit sofortiger Wirkung vom Unterricht ausgeschlossen und das Verfahren, ihn offiziell von der Schule zu verweisen, wurde von mir selbst eingeleitet."

Moreau habe danach das Lehrerzimmer mit geballten Fäusten verlassen.

Einst dachte ich, dass Hybris das Herzstück jeder Tragödie sei, und wenn es keine Höhe gäbe, aus der ich herabstürzen konnte, und keinen übermäßigen Stolz, über den ich stolpern konnte, dann hätte ich nichts zu befürchten. Fallen würden die anderen, gedemütigt und vom Sockel gestoßen. Aber der Hochmut versteckt sich manchmal auch unter den Schwächlingen.

Ich liebte Malin und würde um sie kämpfen. Ich wollte es zumindest versuchen. Meine Gefühle für meine Frau entsprangen einer tiefen Liebe, die immer über die Dunkelheit siegen würde, einer Liebe, der ich sogar mein Leben opfern würde. Doch einen Sieg konnte ich nur erringen, wenn ich Moreau bezwang.

Ich hatte jedoch nicht damit gerechnet, dass Menschen, die sich eigentlich hassten, einen Pakt schlossen aus verzweifelter Wut. Damit ihr Bündnis Erfolg hatte, vergewisserten sich die Moreaus, dass ein Verbündeter tatsächlich ein Freund war und sich nicht als getarnter Feind erwies.

„Es hat gutgetan, wieder zu unterrichten", sagte ich nach meinem ersten Arbeitstag.

Lilous Beerdigung lag vierzehn Tage zurück. Seit ihrem Tod hatte mich die Dunkelheit in mir erdrückt. Ich sehnte mich nach dem Trost des Lichts. Licht verlieh allem Kontur und Form, es erlaubte mir zu erkennen, zu definieren, was vor mir lag. Wäre ich ehrlich gewesen, dann hätte ich mir aber eingestehen müssen, dass ich keine Angst vor der Dunkelheit selbst hatte, sondern vor der Wahrheit, die sich in ihr verbarg.

Malin starrte in der Küche aus dem Fenster in Richtung Wald. Ich stand direkt hinter ihr. Sie reagierte körperlich auf meine Nähe und lehnte sich leicht nach vorn.

Weg von mir.

„Ich musste während des Unterrichts kaum an Lilou denken. Die Arbeit lenkt zum Glück ab."

Sie schüttelte den Kopf, offensichtlich voller Unverständnis. „Wovon denn?"

„Von meinen Gefühlen."

Sie drehte sich mit einem Ruck um. In ihren Augen lag Verachtung. „Was redest du da? Du spürst doch nichts. Überhaupt nichts!"

Wir hatten diese Unterhaltung schon einmal geführt. Ich ertrug es nicht mehr und widersetzte mich deshalb ihrem alleinigen Anspruch auf Schmerz.

„Es ist absolut lächerlich, wie du dich aufführst. Ihr Tod lastet genauso sehr auf mir wie auf dir."

Ihre Augen spuckten Feuer. „Vergleiche meine Gefühle nie wieder mit deinen! Das hab ich dir schon mal gesagt!" Sie stieß mit ihrem Zeigefinger gegen mein Brustbein.

Ich starrte nun ebenfalls auf den Wald und dachte an den kleinen Vogel mit dem gebrochenen Flügel, den ich dort zurückgelassen hatte. Ob noch etwas von ihm übrig war? Die Luft stand still, und je länger ich auf diese idyllische Landschaft blickte, desto unschärfer wurde sie an den Rändern.

Ihre Gefühle! Wenn Moreau das hören könnte, hätte er bestimmt gejubelt. Hätte ich meinem Gegner furchtlos ins Gesicht gesehen, wäre ich hoch erhobenen Hauptes als Sieger aus diesem Kampf hervorgegangen. Aber ich hatte nichts dergleichen getan. Im Gegenteil. Ich hatte meinen schlimmsten Fehler begangen. Moreau hatte mir nach unserem Gespräch die Hand gereicht, und ich hatte sie genommen und war somit rückfällig geworden. Denn ich hatte mich wieder wie einen Verbündeten behandeln lassen.

Ich sah den Schmerz in Malins Augen und empfand auf einmal Mitleid mit ihr. Ich gab feige nach, fühlte mit ihr und besiegelte mein Schicksal. Ich unterwarf mich ihr.

Ich spürte die Angst, die sich in Malins Worten verbarg. Hoffte fast, dass der Moment gleich kippen und etwas Schlimmes geschehen würde … Aber wie immer betrog mich dieses Gefühl. Es blieb ruhig. Manchmal überkam mich aus dem Nichts eine seltsame Wut, und ich stellte mir immer dieselbe Frage: Traf Malin sich noch immer mit ihm?

„Schatz, ich weiß, wie du empfindest", sagte ich mit sanfter Stimme. „Auch in mir ist diese Traurigkeit."

„Hör auf. Dass ich nicht lache! Du bist emotionslos wie ein Roboter."

„Ich kann dich sehr gut verstehen …"

Malin schlug mir hart mit beiden Händen gegen die Brust. „Fängst du schon wieder an! Ständig hast du etwas verstanden. Ich will kein Verständnis von dir!" Wieder schlug sie mich, dieses Mal mit der Faust. „Ich will deine Tränen strömen sehen, deine Fausthiebe in meinem Gesicht spüren, ich will dich schreien hören, ich will dich von Emotionen überwältigt erleben. Du verstehst angeblich alles, aber ich verstehe gar nichts." Wieder schlug sie mit beiden Fäusten gegen meine Brust, und nun brüllte sie mich an. „Ich will sehen, dass ihr Tod auch dich niedergeschmettert hat. Dass die Stille, die sie uns hinterlassen hat, auch dich auszehrt. Du willst offensichtlich mit niemandem über das reden, was passiert ist. Gut, meinetwegen, aber zeig zumindest mir, dass auch in dir etwas abgestorben ist."

Der letzte Schlag traf mein Gesicht.

Ich tat nichts …

Es war bereits dunkel, als ich mich Maison Artemis wieder näherte, aber der Himmel war klar und voller Sterne. Heute Nacht sollte es zum ersten Mal Bodenfrost geben, und für die kommenden Tage war Schnee angekündigt. Auf eisige Kälte und Glatteis konnte ich verzichten.

Als ich am Eingang des Ferienparks vorbeifuhr, glaubte ich etwas in der Ferne zu sehen und bremste abrupt ab. Ich zögerte einen Moment, legte dann aber den Rückwärtsgang ein, fuhr auf das Grundstück und kam vor der Schranke zum Stehen.

Auf den ersten Blick wirkte der Park verlassen. Ich stieg aus und spähte in die Dunkelheit. Dann sah ich es: zwei bewegliche Lichter in der Ferne, vermutlich Taschenlampen. Ich hatte mich also nicht getäuscht. Es waren zwei Personen, die in der Nähe meines Hauses über den Strand liefen. Mein Herzschlag beschleunigte sich. Niemand durfte mich finden. Ich stieg wieder in den Wagen und raste in Richtung Maison Artemis.

Von dort aus konnte ich keine Lichter erkennen. Ich nahm den Baseballschläger aus dem Kofferraum, ging ins Haus und verschloss die Tür hinter mir. Als Nächstes lief ich zur Hintertür und spähte durch das eingeschlagene Fenster in den Garten. Keine Taschenlampen, keine Lichtstrahlen. Ich nahm ein paar tiefe Atemzüge und blies die Luft langsam aus. Vielleicht hatte ich mich geirrt, und es waren nur harmlose Nachtwanderer gewesen.

Um mir Gewissheit zu verschaffen, ging ich nach oben, aber selbst vom Dachbodenfenster aus konnte ich keine Lichter am Strand erkennen. Um mich herum herrschte Dunkelheit.

Als ich die Treppe wieder hinunterstieg, bemerkte ich, wie ausgelaugt ich mich fühlte. „Ich muss etwas essen, was trinken." Meine Stimme klang leise und rau, fast wie ein Flüstern. Das Sprechen bereitete mir Schmerzen.

Im Erdgeschoss schaltete ich das Licht ein. Als ich an dem Spiegel im Flur vorbeiging, blieb ich kurz stehen. Ich sah wirklich übel aus. Mein Mantel war blutverschmiert, die untere Hälfte meines Gesichts war rot, ich hatte mich seit drei Tagen nicht rasiert, hatte dunkle Ränder unter den Augen, und mein Haar war ungekämmt.

Ich betrachtete das Foto von Malin und Lilou, das ich zwei Tage zuvor hinter die Spiegelleiste geklemmt hatte. Sie lächelten und sahen so wunderschön aus. Für sie würde ich mich waschen, mich besser kleiden, essen gehen, meine Haare kämmen. Aber sie waren nicht da. Für meine Eltern würde ich dasselbe tun, aber sie waren auch nicht hier. Vielleicht würde ich sie nie wiedersehen.

Ich ging in die Küche. Bösartig surrten die Fliegen um die Schale, in der das Obst faulte. Ich warf es in den Mülleimer und öffnete die Tür, die in den Garten führte. Ein kalter Nachtwind traf meinen Körper. Das Thermometer zeigte den Nullpunkt an. Ich ging wieder hinein, zog die Tür hinter mir zu. Nach kurzem Zögern schloss ich ab und löschte das Licht der Küche. Einen Augenblick blieb ich in der Dunkelheit stehen und dachte nach. Wie gern würde ich jetzt in die Arme meiner beiden Frauen flüchten. Stattdessen lauschte ich den tausend unheimlichen Geräuschen des alten Hauses: Knarren und Stöhnen und das Pfeifen des Windes unter dem Dach.

Ich schlenderte ins Wohnzimmer und las den Brief, den ich zwei Tage zuvor an meine Eltern geschrieben hatte. Eines Tages würde diese Nachricht sie erreichen.

Liebe Mutter, lieber Vater,
seid versichert, dass ich in Gedanken immer bei euch bin. Fühlt euch nicht verlassen, weil ich gegangen bin. Für Malin, Lilou und mich kam der Wind aus der falschen Richtung, aber keine Sorge: Irgendwo gibt es einen Ort, der nur für uns geschaffen wurde. Dort werde ich sie wiedersehen. Danke für eure Sanftmut, sie ist ein großartiges Gut, aber für mich ist es besser, jetzt zu gehen.
Jules

Ich klappte den Laptop zu und stellte mich ans Fenster. Keine tanzenden Lichter von Taschenlampen weit und breit, nur diese kleine Stimme in meinem Kopf. *Warum nicht jetzt, Jules? Wie viel Zeit brauchst du denn noch? Wie viel Zeit lässt dir die Welt da draußen? Irgendjemand wird dich erkennen. Du siehst die Blicke doch auch. Menschen sind neugierig. Heute oder morgen könnte ein verirrter Wanderer ahnungslos ums Haus schleichen, seine Nase an die Scheibe drücken, den Baseballschläger entdecken und Verdacht schöpfen. Und wenn er dich sieht, erkennt er in dir den als vermisst gemeldeten Mann. Dann ist es vorbei, Jules. Er schlägt Alarm, und sie schnappen dich, während du tief schläfst. Sie sperren dich ein und quetschen dich aus. Warum du plötzlich verschwunden bist, wofür du den Schläger gebraucht hast, wie du zu den Verletzungen gekommen bist. Die Moreaus werden sich kranklachen über dich, und niemand wird in dir den Helden sehen, der du eigentlich sein solltest.*

Ich ging vor dem Fenster auf und ab, biss mir auf meinen Daumennagel. Wie viel Kraft bräuchte ich wirklich, um Moreau und seinen Sohn mit einem Baseballschläger totzuschlagen? Agilität war wichtig. *Willenskraft ist die größte Macht,* hieß es in Moreaus Buch. Das waren seine Worte, nicht meine. Er hatte mir das Urteil über sich mit seinen eigenen Händen überreicht.

Ich beugte mich vor, lehnte meine Stirn gegen das kalte Glas. Dunkle Wolken näherten sich von Osten. Wenn ich jetzt in den Wagen stieg und zügig durchfahren würde, wäre ich um acht Uhr in Lion-sur-Mer.

Schau nicht nach außen, schau auf dich, schau nach innen! Ich zog meinen Kopf zurück, erschrocken über den unerwartet heftigen Ton meiner inneren Stimme.

Mein Spiegelbild schwebte wie ein Geist über der Veranda. Durch es hindurch sah ich mein Auto in dem schwachen Lichtschein aus dem Haus. Der Schaden an der hinteren Stoßstange war aus dieser Entfernung nicht zu erkennen. Es war kein robustes Auto wie der Wagen von Sam, der auch schon einige Zusammenstöße überstanden hatte.

„Ein echtes Familienauto", hatte der Verkäufer mir vor zwei Jahren gesagt, „mit einer breiten Rückbank und zwei zusätzlichen Sitzen, die geschickt im Kofferraum versteckt sind. Man kann sie leicht hochklappen, sobald die kleinen Freunde ihrer Kinder mitfahren müssen." Mit einer geschmeidigen Bewegung zog er einen der Sitze heraus. „Einfacher geht es nicht." Die eingeschränkte Sicht beim Rückwärtsfahren hatte der Verkäufer nicht erwähnt.

Schau nicht auf das Auto, schau auf dich! Siehst du die leeren Augen und die eingefallenen Wangen? Moreau löffelt gerade einen Teller dampfender Suppe, während du in einem ungeheizten Haus wie ein Junkie hin und her läufst. Bei ihm dröhnt der Fernseher im Hintergrund, und hier ist das einzige Geräusch das Knarren des Holzes unter deinen Füßen.

Seine Schuld, Jules. Es ist alles seine Schuld! Und die seines Sohnes! Schnapp dir deinen Baseballschläger, steige in den Wagen und fahre zu deinem Ziel. Schlag Paul den Schläger in den Nacken, brich ihm die Halswirbelsäule. Hau Baptist mit dem Holz auf den Schädel, bis du ihn bersten hörst, bis die Haut aufplatzt und das Hirn herausquillt. Du musst jeden Tropfen Blut, den sie verursacht haben, rächen, und dann solltest du diese Brut an Lilous und Malins Grab zurücklassen, so wie die Katze, die einen verstümmelten Vogel vor die Tür ihres Frauchens legt.

Meinem Spiegelbild liefen die Tränen über die Wangen, die ich aber nicht auf meiner Haut spürte. Ich ballte meine Hände zu Fäusten, meine Arme zitterten. Lilou und Malin waren tot. Moreau war der Täter und ich sein Richter. Sie sollten sich fürchten. Angst war ein Feuer, dass von Geburt an selbst in den kältesten Herzen brannte.

„Ich werde es tun", murmelte ich leise vor mich hin. „Ich werde es tun. Ich tue es. Ich werde es tun." Ich beugte mich zum Fenster und rief meinem Spiegelbild zu: „Ich werde es tun!" Es lachte.

Ich schnappte mir die Autoschlüssel vom Tisch, griff nach dem Baseballschläger und schritt entschlossen zum Fenster. Meine Angst trieb mich an und lenkte mich. Mit einem harten Schlag haute ich das Glas aus dem Fensterrahmen. Scherben flogen in alle Richtungen, auf meine Kleidung, in mein Gesicht, große

Stücke zersplitterten auf dem Holz vor meinen Füßen. Ich trat durch das Loch hinaus und lief zu meinem Wagen. Glaubte zu schweben, genau wie mein Spiegelbild es getan hatte.

DER BLEISTIFT

Drei Wochen vor Malins Tod redigierte ich am Esstisch die Testergebnisse meiner Schüler. Meine Frau saß mir gegenüber und surfte im Internet. Seit Lilous Beerdigung hatte sie nicht mehr in der Firma gearbeitet, und das Homeoffice erschöpfte sie zusehends.

Als ich über die Antwort einer Schülerin kicherte, fragte sie plötzlich genervt: „Worüber lachst du?"

Überrascht legte ich den Rotstift beiseite. „Die Antworten der Schüler sind hin und wieder so komisch. Tut mir leid!"

„Ist schon gut." Sie beugte sich wieder vor und starrte auf den Bildschirm.

Ich wandte meine Aufmerksamkeit wieder der Korrekturarbeit zu und kicherte ab und zu gedämpft unter vorgehaltener Hand.

Plötzlich schob Malin ihren Stuhl ein Stück zurück und verschränkte die Arme vor der Brust: „Ich verstehe nicht, wie du so unbekümmert arbeiten kannst."

Wieder legte ich den Stift aus der Hand.

„Lass dich bloß nicht in deiner guten Laune stören", sagte sie.

„Ich habe nichts gesagt."

„Dann hättest du deinen Mund halten sollen. Ich erkläre es dir …"

„Ich will es aber nicht verstehen, also spar dir die Mühe. Manchmal beschleicht mich das Gefühl, dass du einfach so weitermachen möchtest. Mit dem Leben vor Lilou."

„Das Leben geht weiter, Malin."

Ihr ganzer Körper verfiel in Starre bei meinen Worten, als wäre in ihr etwas zerbrochen. „Wie kannst du es wagen, so etwas zu sagen? Unser kleines Mädchen ist für immer weg, das Leben, das wir hatten, liegt drei Meter tief unter der Erde, und du kicherst wie ein Schuljunge und behauptest fröhlich, dass das Leben einfach weitergeht?"

Was ist mit den Dienstagabenden?, wollte ich fragen, als wäre das die Antwort auf alles, hielt mich aber zurück. Sie trauerte ja so sehr, aber sie ließ auch keinen Saunaabend mehr aus.

„Wir leben! Wir atmen, wir essen, trinken, kaufen ein. Mittlerweile ist mir klar geworden, dass es nie einfach zwischen uns war, aber wir haben immer noch einander."

„Einander?" Malin sprang auf. „Als Lilou da war, gab es das noch … Lilou war dein Lächeln und mein Augenzwinkern, dein Mund und mein Haar, dein Gelächter und meine Pfiffigkeit. Das alles verschmolz zu Lilou, und wenn wir uns mal nicht ansahen, erblickten wir uns in ihr, und das versöhnte uns. Aber nun ist sie fort. Wir hatten nur ein Kind." Sie tippte heftig mit ihrem Zeigefinger auf meine Brust. „*Eins,* hörst du, und das ist für uns verloren. Es gibt kein *Einander* mehr. Und darum macht mich dieses Wort so wütend!" Sie schlug mit der Faust hart auf die Tischplatte. „Unser kleines Mädchen ist tot. Und du …"

Ich stand auf und versuchte, sie mit einer Geste zu beschwichtigen. „Lass uns bitte nicht streiten, Malin. Wir müssen das jetzt gemeinsam durchstehen, gemeinsam weitermachen."

Sie lachte zynisch und verzog verächtlich den Mundwinkel. „Glaub mir, Jules, ich bin schon viel weiter, als du denkst."

Sie verließ das Zimmer, stapfte die Treppe hinauf und knallte die Schlafzimmertür hinter sich zu. Ich wusste, dass ich heute wieder auf der Couch schlafen musste. Sie wollte mich nicht neben sich haben. Und ich wusste warum: Malins Herz war voller Schuld und still, sein Puls gedämpft von den Geheimnissen, die es bewahrte.

Meine Welt bestand nur noch aus glitzernder Schwärze, den verdorrten Hecken und dem Misston meiner kleinen Stimme.

Ich raste am Eingang des Ferienparks vorbei. Auf dem Gelände war es dunkel, im Empfangsbereich brannte kein Licht, obwohl das Tor noch offen war.

Ich umklammerte das Lenkrad, drückte das Gaspedal ein wenig tiefer und raste über die Schotterstraße, die kurz darauf in Asphalt überging. In anderthalb Stunden könnte ich in Lion-sur-Mer sein. Ich hatte die Schlagzeile bereits vor Augen: *Leiche von Vater und Sohn auf dem Friedhof von Plumetot gefunden.* Der Gedanke ließ mich schmunzeln.

Ich betrachtete mich im Rückspiegel. Merkwürdig, da war gar kein Lächeln in meinem Gesicht zu sehen. Ich nickte mir aufmunternd zu und sah plötzlich die Hand vor mir, die Moreau mir nach unserem Treffen in seinem Büro gereicht hatte, als er sagte: „Ich sollte Ihnen danken, Jules." Sein Gesichtsausdruck hatte sich aber in meiner Vision verändert, als ob Moreau da bereits gewusst hätte, was ich noch nicht wissen konnte. Warum hatte er nicht gesagt, was er zu sagen hatte? Wollte er Nachsicht walten lassen? Nur für wen?

Ich fuhr mit hoher Geschwindigkeit über schmale Landstraßen in Richtung Lion-sur-Mer. Wieder übermannte mich eine Vision: Malin kniete auf der Straße und beugte sich über Lilou. Sie umfasste mit ihren Händen das Gesicht unseres Kindes und küsste dessen blutige kleine Stirn.

Ich schlug mit beiden Händen auf das Lenkrad ein, fasste es fester und nahm abenteuerlich die Kurven, landete oft auf der anderen Straßenseite. Einmal geriet der Wagen ins Schleudern. Die Hinterräder schlitterten über den Asphalt, machten ein hohes, zischendes Geräusch. Ich versuchte gegenzulenken, aber der Wagen gehorchte mir nicht mehr, und ich raste mit einhundertvierzig Stundenkilometern in ein Feld hinein. Erde donnerte gegen die Unterseite meines Wagens. Ich wurde in meinem Sitz hin und her geschüttelt, mein Kopf schlug hart gegen das Seitenfenster, ich riss das Lenkrad herum und brachte den Wagen mit einem kräftigen Schwung zurück auf die Fahrbahn.

Ich hatte den Wagen wieder unter Kontrolle und holte tief Luft. Nichts konnte mich aufhalten.

Eine halbe Stunde später passierte ich das Ortsschild von Lion-sur-Mer. Meine Atmung beschleunigte sich. Es gab kein Zurück mehr. Ich schaute auf den Baseballschläger, der zwischen Tür und Beifahrersitz geklemmt war. Der runde Kopf schimmerte jedes Mal, wenn ich an einer Straßenlaterne vorbeifuhr. Noch war der Schläger makellos, aber er gierte nach Blut.

Ich fuhr durch eine Neubausiedlung und parkte wenige Meter vor Moreaus Haus. Ich spähte aus dem Fenster, um mich zu vergewissern: Die Straßen waren leer, die Menschen verschwunden. Ich geduldete mich noch ein wenig, verschnaufte, wartete, bis ich mich bereit fühlte. Natürlich hatte ich schreckliche Angst. Aber das war nur die Anspannung, die einen immer schwindeln lässt, wenn ein wichtiger Moment naht, wenn das Ziel bald erreicht ist. Vor allem anderen hatte ich keine Angst. Ich zitterte nicht, doch ich spürte, dass ich schwitzte, dass meine Hände und mein Rücken feucht waren. Der Augenblick, in dem ich aussteigen musste, rückte näher, und mit jeder Sekunde wurde ich mehr von Wut erfasst. Ich wusste, es gab kein Zurück mehr, spürte, dass ich nur noch warten konnte, bis der Moment da war.

Ich hatte Glück. Nach weniger als zehn Minuten fuhr Baptist mit seinem Scooter die Auffahrt hinauf. Das Außenlicht ging automatisch an. Baptist parkte jedoch außerhalb der Reichweite des Lichts und zog sich unter die Eiche neben dem Haus zurück, um sich einen Joint zu drehen. In der Dunkelheit leuchtete sein Feuerzeug auf, die Spitze des Joints glühte. Nur Baptists Arm bewegte sich.

Ich startete den Wagen, ließ ihn auf ihn zujagen, bremste quietschend vor ihm, schnappte mir den Schläger und sprang aus dem Auto. Vor Schreck fiel ihm der Joint von den Lippen. Er wich zurück, stieß gegen den Stamm und streckte seine Hände nach vorne, um mich abzuwehren. Doch als ich direkt vor ihm stand, erkannte er mich, und ein spöttisches Lächeln huschte über sein Gesicht.

„Wen haben wir denn da?", sagte er und lachte laut auf. Der Schreck hatte sich verflüchtigt. Er hob den Joint wieder auf, nahm einen Zug und blies den Rauch energisch in meine Richtung.

„Vielleicht hast du es vergessen, Dumpfbacke, aber du hast dich selbst um deine Mentorenstelle gebracht." Er machte einen Schritt auf mich zu.

Ich drückte den Kopf des Baseballschlägers gegen seinen Kehlkopf.

Baptist keuchte und trat rasch wieder einen Schritt zurück. „Spinnst du? Was soll das, Mann?", quietschte er ängstlich. „Du hast sie doch nicht alle!"

Ich antwortete nicht, sondern stieß ihn mit dem Holz gegen den Baum. Er versuchte, nach dem Schläger zu greifen, aber ich zog ihn schnell zurück, bereit, auf seinen Kopf einzuhämmern, bereit, ihn krepieren zu sehen.

„Du mieser kleiner Feigling hast meine Tochter auf dem Gewissen! Du hast die Kleine absichtlich mit deinem Scooter erschreckt. Deshalb ist sie mit dem Fahrrad gestürzt und wurde von einem vorbeifahrenden Fahrzeug erfasst. Sie hat sich den Kopf an der Stoßstange aufgeschlagen. Und alles nur aus billiger Rache, weil ich dich beim Dealen erwischt und es gemeldet habe. Du bist der letzte Abschaum."

„Oh Mann, Sie sind ja wirklich vollkommen durchgedreht!"

„Warum hast du dich an meinem Kind gerächt? Sag es mir! Weil die hochheiligen Moreaus ihr Gesicht verloren haben?"

„Mann, Sie sind ja so was von krank!", schrie Baptist, und nun lag endgültig nur noch Angst in seinem Blick.

Gut so.

Der Baseballschläger fühlte sich schwer und angenehm an, als ich ihn hochriss, um auszuholen, doch auf dem Weg nach oben streifte das Holz den Draht, an dem eine Glühbirne hing, und das Licht begann hin und her zu schwingen, sodass sich die düsteren Schatten unheimlich über Boden und Wände bewegten. Als der Stock niedersauste, traf ich etwas Hartes.

Aber dann erfasste mich die Dunkelheit …

Die Zwischenprüfung vor einer Woche verlief ohne Zwischenfälle. Ich ging zwischen den Reihen herum und beobachtete die Schüler. Als mein Handy klingelte, stellte ich mich ans Fenster und drückte die grüne Hörertaste. „Ja?"

„Du musst sofort kommen, Jules", sagte Malin leise. „Ich werde es jetzt tun."

„Was wirst du tun, Malin?" Ich schaute aus dem Fenster. Moreaus schwarzes Auto fuhr gerade vom Parkplatz.

Zehn Sekunden Stille folgten, die sich wie Minuten anfühlten. Ich wusste, dass sie jedes Wort meinte, das sie nicht ausgesprochen hatte. Da war eine Stille in ihrer Stimme, die mir Angst machte. „Man kann jemandem seine Liebe erklären, aber auch den Krieg. Ich bin *vor* Lilous Tod jeder Herausforderung entgegengetreten, ohne zu zögern, aber ich komme gegen diese Stille nicht an. Es ist nicht nur ihr Unfall. Du hast mir schon die ganze Zeit etwas vorgeworfen, aber ich weiß nicht was …"

Mein Atem stockte!

„Mach keine Dummheiten, Malin. Ich komme sofort, setz dich auf die Bank. Warte bitte, bis ich da bin."

„Du bist auf einmal wieder süß, aber ich muss weiter. Lilou wartet doch", sagte sie leise. „Du sollst aber wissen, dass unter all den Vorwürfen, die ich dir gemacht habe, ein ganzer Berg voller Liebe lag. Es tut mir so leid, Jules."

Als ich später durch die Tür der Scheune lief, dröhnten ihre letzten Worte wie Totenglocken über mich hinweg, begleitet von einem scharfen Knacken – als zerbräche ihr zarter Hals wie ein Bleistift.

TROST

Wachte ich gerade wieder auf? Oder war es ein Aufwachen aus … Ja, woraus genau? Aus einem Albtraum, aus einem vorübergehenden Verlust des Bewusstseins? Oder aus dem Tod?

Mein Gehirn ließ mich im Stich. Warum war ich nicht mehr in der Lage zu denken? Ich hatte ihn doch mir gegenüber … Ich wollte ausholen mit dem … Ich … Da gab es nur noch eine vage Erinnerung wie nach einem verworrenen Traum.

Ich öffnete die Augen, konnte aber nichts erkennen, war von schwärzester, muffiger Dunkelheit umgeben. Ich führte die Hand zu meinem Gesicht und berührte meine Augenlider. Sie waren zwar geöffnet, aber ich nahm nichts wahr. Keine Reflexion von Licht auf meinen Nägeln, auf meiner blassen Haut.

Bestand der Tod aus der Erkenntnis, in einer Dunkelheit von unbekannter Höhe und Tiefe gefangen zu sein? Wo warteten aber dann Lilou und meine Frau auf mich?

Ich lag auf einem eiskalten Steinboden und konnte mich kaum bewegen. Meine Muskeln waren steif, ich zitterte leicht. Meine Hände glitten über den Boden: Eine raue Struktur voller Unebenheiten und Löcher, Linien, die eine geschwungene Bewegung verrieten. Ein verzerrtes schwarzes Muster.

Langsam kam ich hoch und drehte mich um. Hinter mir war ein schwaches Glühen, ein horizontaler Streifen auf dem Boden, etwa einen Meter lang. Eine Tür! Das Leben nach dem Tod wies sicher keine Lichtstreifen auf einem kalten Boden auf. Im schummrigen Schein nahm die Tür nun langsam Kontur an. Ich überblickte die Dunkelheit und lauschte auf näher kommende Schritte. Nichts. Nur Stille.

Ich schlurfte zur Tür, drückte die Klinke vorsichtig herunter. Vergeblich. Sie ließ sich nicht öffnen.

„Hallo? Ist da jemand?"

Auf der anderen Seite ertönte ein kurzes, hohes Signal, das ich nicht einordnen konnte, dann sagte eine männliche Stimme: „Er ist aufgewacht."

Stille.

Ich machte einen Schritt zurück, sank auf den Boden, spähte unter der Tür hindurch. Sah Schuhe. Ich legte mein Ohr an die Tür und horchte in den Raum dahinter.

„Das ist alles total verrückt", sagte die Stimme, in der ich nun deutlich die von Paul Moreau erkannte. „Wenn er nicht mehr auftaucht, werden sie anfangen, nach ihm zu suchen, und hier fangen sie doch als Erstes an. Verdammt, wir kommen in Teufels Küche, wenn wir auch nur den kleinsten Fehler machen!"

Jetzt wusste ich, warum mir der Boden so bekannt vorgekommen war. Jemand hatte mich in dem Schuppen hinter meiner alten Scheune eingesperrt. Aber wer? Das Letzte, woran ich mich erinnerte, war, dass ich mit dem Baseballschläger ausgeholt hatte, um Baptist den Schädel einzuschlagen, und danach das Bewusstsein verloren hatte. Wie viel Zeit war seither vergangen?

Ich stand auf und tastete nach dem Lichtschalter. Der Starter leuchtete kurz pfirsichfarben, dann flackerte die Leuchtstoffröhre voll auf. Das Licht schmerzte in meinen Augen. Es beruhigte mich ein wenig, die Gegenstände zu sehen, die an der Wand hingen: die Harke, die Bodenhacke, die rostige Schaufel, eine Baumschere, ein Kantenstecher. Und die Antworten auf all die Fragen, die mir in den Sinn kamen, waren mit einem Mal unwichtig, schienen belanglos zu sein. Ich war zu Hause und in diesem Haus war ich der Boss.

Stille.

„Ich dreh nicht durch!" Paul trat kräftig gegen die Tür. Vor Schreck setzte ich mich aufrecht hin. „Ich bin ruhig. Ich bin ganz ruhig. Aber das hier fühlt sich falsch an." Paul seufzte. „Er kann nicht fliehen. Ich habe die Tür verschlossen, und es gibt keine Fenster. Außerdem verhält er sich ruhig."

Stille.

„Okay, dann sehen wir uns später."

Ich beugte mich hinunter. Paul schritt vor der Tür auf und ab.

„Paul? Hörst du mich?" Die Füße kamen sofort zum Stillstand. „Ich weiß, dass du da bist. Du musst die Tür öffnen."

„Auf keinen Fall!" Schweigen. „Wenn ich die Tür öffne, wirst du versuchen mich umzubringen."

„Nein, glaub mir … Ich wusste nicht mehr, was ich tat, ehrlich … Alles, was ich will, ist von hier verschwinden. Mein Gott, Paul, ich habe die Nerven verloren. Mein Kind, meine Frau …"

Paul lachte laut auf. „Du willst einfach nur von hier verschwinden? Was für ein Schwachsinn! Du wolltest meinem Sohn den Schädel zerschmettern! Und mir vermutlich auch!"

Vergiss deine Mission nicht, Jules, meldete sich meine kleine Stimme, und mit ihr kam unerwartet schnell wieder die Wut in mir hoch.

Ich stand blitzschnell auf und trat gegen die Tür. „Paul, mach sofort die Tür auf! Wenigstens das bist du mir schuldig. Ich habe das Recht, deinen Sohn der Polizei zu überstellen", rief ich und hämmerte mit beiden Fäusten gegen die Tür. Tränen liefen mir über die Wangen, weil ich nicht rauskam.

Ich ließ mich mit dem Rücken an der Wand heruntergleiten. Ich würde warten. Auf Moreau oder was immer da noch kommen würde. Warten … Die Kälte des Betons fraß sich durch meinen Körper. Vor Erschöpfung schloss ich die Augen und ließ die Stille in mich eindringen ….

Aufwachen aus … Ja, woraus genau?, fragte ich mich erneut. Aus einem Albtraum, aus einem vorübergehenden Verlust des Bewusstseins? Mein Gehirn ließ mich im Stich. Ich konnte keine klaren Gedanken mehr fassen und schloss wieder die Augen ….

Zwei kalte Hände legten sich um meine Kehle. Moreau stand vor mir. Ich brauchte im Nebel der Dunkelheit einen Moment, um zu begreifen, dass es keine Hände waren, sondern meine Baumschere. Ich versuchte aufzustehen. „Paul …"

Moreau drückte die Holzgriffe zusammen. Mein Hals schmerzte. „Mach bloß keine Dummheiten! Ich schneide dir die Kehle durch, wenn es sein muss."

Seine Augen waren dunkler, als ich sie je gesehen hatte. Seine Stimme klang finster und bedrohlich. Hinter ihm stand unsere verschiebbare vierstufige Küchentreppe. Mein Blick verweilte einen Moment darauf, erst dann sah ich die Position der Treppe: direkt unter dem Haken, an dem meine Frau gebaumelt hatte.

„Paul, hör ... hör mir zu", stammelte ich.

Moreau antwortete nicht, sondern schnaubte verächtlich und drückte die Baumschere tiefer in meinen Hals.

Ich spannte meine Nackenmuskeln an und griff danach. „Ich werde einfach von hier verschwinden, Paul. Weg von hier. Niemand wird mich jemals wiedersehen, niemand wird von dir und Baptist erfahren. Ich werde auch über den Scooter schweigen. Wenn ich euch anzeigen wollte, hätte ich es längst getan. Ich werde einfach in mein Auto steigen und weit wegfahren. Du hast mein Ehrenwort. Du musst keine Angst haben, dass ..."

Moreau kniff kurz die Augenlider zusammen. Es war diese simple Mimik, die mich verstehen ließ, dass er vor nichts Angst hatte. Er war genauso entschlossen, wie ich es stets sein wollte. Kein Wort von mir hätte daran etwas ändern können.

„Warum muss ich sterben, Paul?"

Moreau zwang mich mit der Baumschere, einen Schritt zurückzugehen. Er sah es, spürte es: die Wut in meinen Augen, in meinem Haar, in meinen Armen, Beinen, in meiner Atmung, meinem Herzschlag.

Ich schloss die Augen, da war der winzige Sarg in dem riesigen Leichenwagen. Aber es gab nichts, was ich hätte tun können. Damals nicht und auch heute nicht.

Moreau drängte mich in Richtung Küchentreppe. „Hoch mit dir! Stell dich drauf!"

Einen Moment lang wehrte ich mich und versuchte, die Leiter mit meinem rechten Knie umzustoßen, aber Moreau drückte mit einem Mal die Klingenblätter gegen meinen Adamsapfel. Ich würgte, bewegte mich nicht, aus Angst, die Schere würde reflexartig zuschnappen.

Langsam trat ich auf die unterste Stufe der kleinen Treppe.

„Du wirst niemals in der Lage sein, jemandem davon zu erzählen, Jules", brüllte Moreau. „Keine einzige Spur führt zu mir oder meinem Sohn. Wenn du darüber nachdenkst, wirst selbst du das erkennen."

Vor einigen Tagen hatte auf diesem Betonboden unter Malins baumelndem Körper eine Nachricht für mich gelegen. Sie hatte den Zettel nicht einmal zusammengefaltet, und ihre Worte waren mit zittriger Hand geschrieben.

Du hattest unrecht, Jules, als du sagtest, dass unser Leben weitergehe. Im Gegenteil, ich habe unentwegt das Gefühl, dass nicht erst seit der Stille, die Lilou hinterlassen hat, ein anderes Leben begonnen hat. Ein mir fremdes Leben. Eins, für das ich mich bewusst entscheiden müsste? Leider kann ich diese Entscheidung nicht mittragen. In Liebe, Malin.

Malin war in Moreaus Fänge geraten, und seitdem hatte in ihrem Kopf ein Chaos geherrscht, und Lügen waren zur täglichen Routine geworden. Damit hatte sie nicht mehr umgehen können. Dieser Bastard hatte sie auf dem Gewissen!

„Warum konntest du deine dreckigen Pfoten nicht von Malin lassen?", schrie ich in den Raum hinein.

„Keine Ahnung, worauf du hinauswillst." Moreau starrte mich durch die Dunkelheit irritiert an.

„Du hast bei ihr einen schwachen Moment ausgenutzt, sie mit deinem schmierigen Charme eingefangen, weil sie überlastet war. Du mit deinem verdammten Buch!"

Moreau drückte die Baumschere hart an meinen Hals. Gleichzeitig begann er zu lachen. „Willst du wirklich die Wahrheit wissen? Kannst du denn auch nur im Entferntesten mit der Realität umgehen? Du hast recht, Jules. Ich habe deine Frau berührt. Zweimal, um genau zu sein. Einmal, als ich dir das Buch brachte und ihr die Hand schüttelte. Und dann, als ich mich von ihr verabschiedet habe, du Schwachkopf." Er schnaubte mit ungläubig aufgerissenen Augen. „Dann geschieht also all das hier nur … wegen deiner verschobenen Wahrnehmung. Oh Mann! Wolltest du deshalb meinen Sohn unbedingt bei einem Vergehen erwischen? Um dich zu rächen? Du bist vollkommen irre, du bist ein gottverdammter Idiot! Ich habe deine Frau ein einziges Mal getroffen, und du hast danebengestanden!"

„*Du* kannst mir nichts vormachen. Du hast mich mit deinem Mindmapping-Schwachsinn, mit deiner beschissenen Achtsamkeit eingelullt, damit du meine Frau vögeln kannst. Wirklich eine geniale Idee: ein Beruhigungsmittel, das nicht verabreicht werden muss, sondern von innen heraus wirkt. Oh, glaub mir, ich habe immer hinter die Dinge gesehen. Denkst du, ich habe nicht gemerkt, dass du das Buch mit einem Zitat versehen hast, das gar nicht für mich bestimmt war?"

Moreau schüttelte den Kopf. „Glaub doch, was du glauben willst. Du wirst jedenfalls meinen Sohn nicht anzeigen! Und jetzt rauf nach oben mit dir!" Er griff nach dem Seil, das neben ihm auf der Werkbank lag. „Binde das Seil um den Haken und lege die Schlinge um deinen Hals. Jeder wird verstehen, warum du aus dem Leben geschieden bist. Und ich verspreche dir, dass ich einen schönen Nachruf halten werde."

Wenn du ihn mit Holz schlägst, schlägt er mit Eisen zurück, winselte die kleine Stimme ganz schwach in meinem Kopf. Sie hatte mich stets vor Moreau gewarnt, aber ich hatte ihn am Ende doch unterschätzt.

Ich schob mir das Seil über den Kopf.

„Du lebst in einer völlig falschen Realität, Jules. Das macht dich unberechenbar und brandgefährlich. Du kannst wahrscheinlich nichts dafür, du bist krank, aber ich habe viel zu viel zu verlieren, um dich frei herumlaufen zu lassen."

Moreau stieß mich plötzlich mit der Schere nach hinten.

Die Leiter wackelte hin und her. Ich versuchte, sie mit den Füßen wieder aufzurichten, aber schließlich kippte sie um. Ich griff nach dem Seil, direkt über meinem Kopf. Mein Körper drehte sich ein wenig nach links und langsam wieder zurück, weil meine Beine mir nicht mehr gehorchten. Mein Körper baumelte über dem Betonboden, ein Stich ging durch meinen Nacken und dann durch meine Wirbelsäule, und plötzlich konnte ich nicht mehr atmen …

BEDEUTUNGSLOS

Aufwachen …

Ich wache endlich auf. Wie aus einem Albtraum oder einem vorübergehenden Verlust des Bewusstseins.

Ich kann klar denken. Öffne die Augen.

Der Raum um mich herum ist leer, die Tür geschlossen, die Gartenschere hängt an der Wand. Moreau ist verschwunden, als ob er und alles, was mit ihm zusammenhing, nie da gewesen wäre.

Er hat die Scheune gar nicht verlassen, ist auch nicht mit seinem Wagen davongerast. Moreau war niemals hier, ebenso wenig Baptist.

Nein, nichts von alldem ist wirklich geschehen. Der Streit mit Paul und seinem Sohn hat *vor* dem Haus der Moreaus stattgefunden, und danach bin ich wie besessen hierhergefahren.

Und niemand ist mir gefolgt … Ich war allein. Ich BIN allein.

Ich habe meine Frau und meine Tochter verloren.

Das ist die Realität.

Das Wunderbarste ist gerissen. Die Beziehung zwischen Vater und Tochter, zwischen Mutter und Kind. Blutsbande sind vom Schicksal zerschnitten worden.

Etwas drückt von ganz fern entsetzlich auf meine Kehle, meine Finger klammern sich an ein Seil.

In diesen letzten Sekunden wird mir mit einem Mal alles klar. Dass der Wunsch nach Vergeltung meine Sinne getrübt hat. Ich habe Malin grundlos verdächtigt. Vielleicht wäre alles anders gekommen, wenn ich nicht die Dunkelheit heraufbeschworen hätte. Ich habe mich selbst dem Schicksal ausgeliefert.

Es ist still, finster und einsam in dem Schuppen. Mir schmerzen die Finger. Mein Körper gibt langsam dem Sog der Schwerkraft nach. Dieser Kampf ist nicht zu gewinnen.

Ich lockere den Griff, stoße die Leiter mit den Füßen beiseite und löse meine schmerzenden Finger vom Seil. Mein Kopf fällt nach vorne. In die Stille hinein.

Es gibt nur einen Trost: Am Ende ist selbst das Leben bedeutungslos.

WEITERE ROMANE
DER AUTORIN

Mondteufel

Vollmond
Zeit für Angst,
für Verlogenheit,
für Lügen, für Mord.
Zeit für den Mondteufel.

Stellas Bruder Jordi wird im Alter von acht Jahren ermordet. Kurz nach dem Mord werden drei Jugendliche verhaftet und aufgrund eines Indizienprozesses zu zehn und acht Jahren Haft verurteilt.

Dreißig Jahre später erleidet die 42-jährige Stella eine Hirnblutung und wird in die Rehabilitationsklinik *Euphoria* verlegt. Wochen vergehen, an die sich Stella nach dem „Aufwachen" nicht erinnern kann. Sie erfährt, dass ihre Mutter gestorben ist und ihr Mann sie urplötzlich verlassen hat. Auch geschehen seltsame Dinge in der Klinik.

Sie fragt sich, wem sie noch trauen kann, seitdem ihr Gedächtnis sie im Stich lässt.

Langsam beschleicht Stella das ungute Gefühl, dass nicht alle Veränderungen auf ihre Hirnblutung zurückzuführen sind …

Erste Stimmen:
Die-Rezensentin.de TOP 1000 REZENSENT
Absolut genialer Psychothriller

Trügerische Affäre

Ich hasse dich …
Drei Worte, die das Dunkel
durchdringen,
die alles mit sich reißen,

das Herz brechen,
geflüsterte Schreie bringen
und die Stille stören.

Die norwegische Architektin Jonte Sandvik scheut die Öffentlichkeit und lebt lieber in der Welt des Films, statt ihrem eigentlichen Beruf nachzugehen. Tagsüber arbeitet sie im XD Cinema Norge in Drammen an der Kinotheke, abends entwirft sie Gebäude, die ihr Ehemann Jonas in architektonischen Bildbänden mit großem Erfolg der Öffentlichkeit präsentiert.

Eines Tages gesteht ihr Jonas, dass er eine Affäre hat, und verlässt seine Frau. Für Jonte bricht eine bis dahin mühsam aufrechterhaltene heile Welt zusammen. Seitdem ereignen sich unheimliche Dinge in ihrem Umfeld, auf die sie sich keinen Reim machen kann. Sie ist einsam und führt Selbstgespräche. Auch droht ein schreckliches Geheimnis aus ihrer Vergangenheit sie zu überrollen. Als ein Mord geschieht, muss Jonte sich ihren Ängsten stellen – mit verheerenden Folgen, die sie in Alkoholismus und Irrsinn zu treiben drohen. Nichts ist mehr so, wie es scheint.

DANKSAGUNG

Mein besonderer Dank geht an **Uwe Raum-Deinzer**, der den Roman so wunderbar abgerundet hat.
Auch danke ich recht herzlich:
Angelika Hörner – für Deine Begleitung und die wertwollen Hinweise.

Und ich danke Ihnen, liebe Leserinnen und Leser, dass Sie mein Buch gelesen haben. Gerne dürfen Sie mir schreiben, wie Ihnen mein Buch gefallen hat: astridkorten@arcor.de
Weitere Infos finden Sie unter www.astrid-korten.com

IMPRESSUM

ISBN: 9783754306871
Herstellung und Verlag: BoD – Books on Demand,
Norderstedt